光文社文庫

長編時代小説

春雷

隅田川御用帳(七)

藤原緋沙子

KOBUNSHA

※本書は、二〇〇四年二月に
廣済堂文庫より刊行された
『春雷　隅田川御用帳〈七〉』を、
文字を大きくしたうえで、
さらに著者が大幅に加筆したものです。

目次

伝通院
小石川
白山
神明宮
中山道
駒込
小石川御門
水戸徳川家
春日町
水道橋
千駄木
御林
駒込追分
加賀前田家
本郷
道灌山
日暮里
霊雲寺
湯島聖堂
湯島天神
池之端仲町
不忍池
弁天
神田大明神
妻恋坂
御数寄屋町
明神下
築山藩の上屋敷
下谷広小路
外神田
東叡山寛永寺
根岸
谷中本村
下谷金杉町
御徒町
下谷の御徒組屋敷
下谷山崎町
向柳原
三味線堀
広徳寺
新寺町
幡随院
下谷竜泉寺町
千住大橋
阿部川町
新吉原
新堀川
御蔵前片町
日本堤
新旅籠町
東本願寺
御蔵前通り
御蔵前
御米蔵
浅草寺
小塚原
首尾の松
田原町
浅草広小路
三間町
並木町
山谷町
御厩河岸之渡し
諏訪町
新鳥越町
駒形町
雷門
新鳥越橋
浅草駒形堂
花川戸町
竹町之渡し
吾妻橋
聖天町
山谷堀
今戸橋
今戸町
隅田川
白鬚之渡し
竹屋之渡し
源森橋
中之郷瓦町
源森川
小梅村
三囲稲荷
長命寺
向島墨堤
木母寺
隅田村
北割下水
須崎村
寺島村
法恩寺橋
業平橋
小梅村
天神橋
押上村
十間川
亀戸天神

『隅田川御用帳』の世界
麹町
番町
千鳥ヶ淵
田安御門
半蔵御門
西之御丸
虎之御門
新シ橋
外桜田御門
雉子橋御門
江戸城
一橋御門
和田倉御門
猿楽町
南町奉行所
北町奉行所
幸橋
土橋
汐留橋
御門
数寄屋橋
呉服橋御門
常盤橋御門
神田橋御門
富士見坂
←至大森・六郷の渡し
濱御殿
水谷町
京橋
数寄屋町
竜閑橋
鍛冶町
昌平橋
平永町
築地の浴恩園
西本願寺
木挽町
品川町
今川橋
伊沢道場
和泉橋
平松町
日本橋
室町
本船町
岩本町
内神田
佐久間河岸
神田相生町
八丁堀
弾正橋
楓川
海賊橋
江戸橋
大伝馬町
小伝馬町
亀井町
神田川
神田松永町
水谷町
組屋敷
八丁堀
南茅場町
日本橋川
小網町
堀江町
通油町
柳原通
中之橋
長谷川町
富沢町
馬喰町
神田佐久間町
稲荷橋
一ノ橋
通塩町
横山町
浅草橋
船松町
鉄砲洲
高橋
新川
南新堀町
行徳河岸
汐見橋
栄橋
両国広小路
米沢町
佃島
霊岸島
二ノ橋
箱崎町
行徳川
浜町堀
十四郎の住む長屋
薬研堀
柳橋
石川島
永代橋
両国橋
隅田川
熊井町
佐賀町
今川町
上之橋
万年橋
新大橋
尾上町
元町
一ツ目之橋
回向院
横網町
御竹蔵
三ツ屋
万年町
海辺大工町
要津寺
松井町
相生町
松坂町
亀沢町
橘屋
六間堀
中ノ橋
高橋
慶光寺
常盤町
松井橋
越中島
永代寺門前山本町
海辺橋
二ツ目之橋
深川
深川元町
弥勒寺橋
蓬莱橋
富岡八幡宮
仙台堀
浄心寺
小名木川
五間堀
本所
南割下水
東平野町
亀久橋
霊厳寺
竪川
吉岡橋
吉永町
雲光院
芝翫河岸
三ツ目之橋
洲崎
木場
三笠町
新高橋
入江町
横川
猿江橋
南辻橋
亀戸村
長崎橋
西
北
南
東
猿江町
御材木蔵
清水橋
横十間川
0
1km

慶光寺配置図

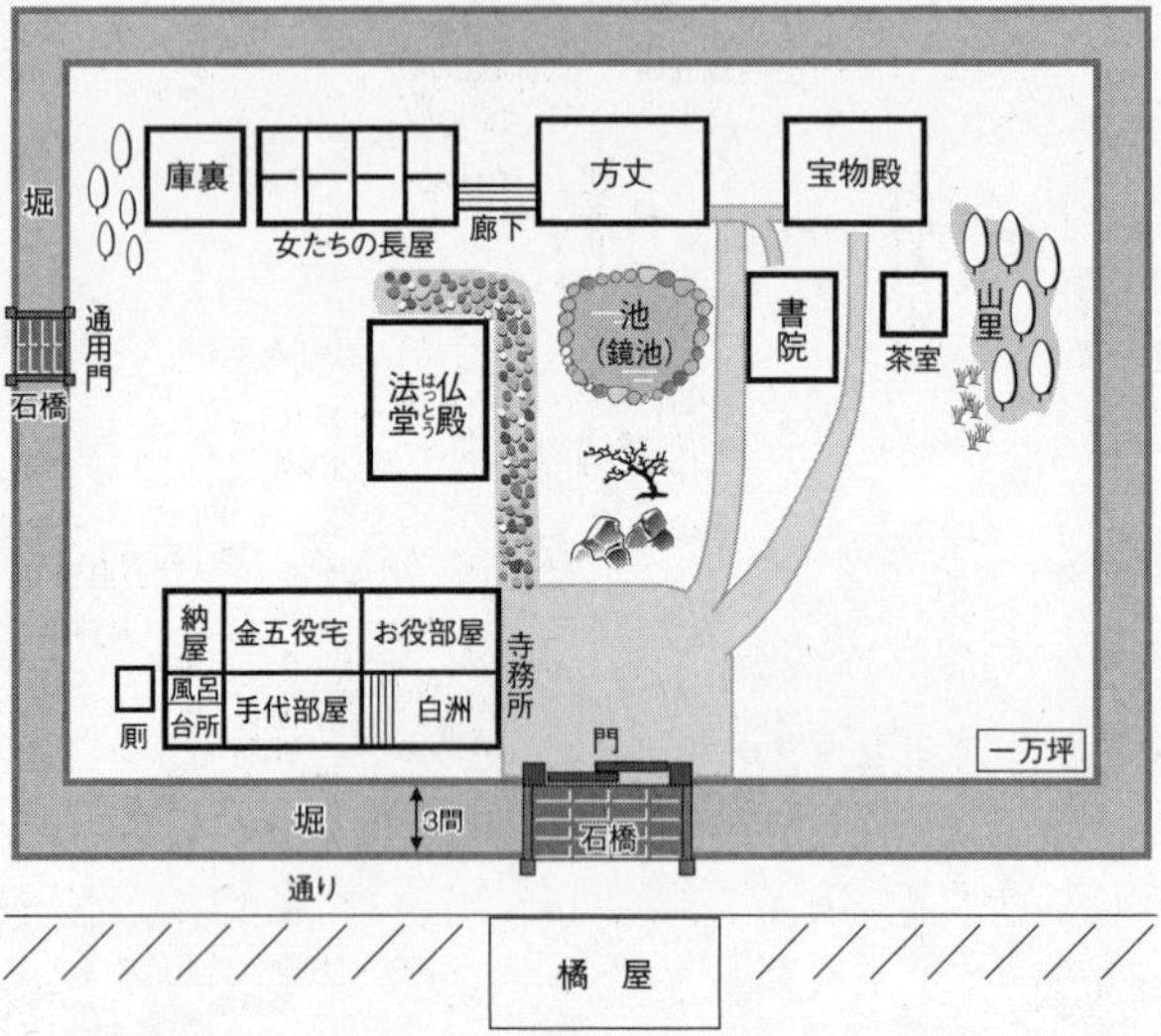

方丈《ほうじょう》　寺院の長者・住持の居所。

法堂《はっとう》　禅寺で法門の教義を講演する堂。他宗の講堂にあたる。

庫裏《くり》　寺の台所。住職や家族の居間。

「隅田川御用帳」シリーズ　主な登場人物

塙十四郎
築山藩定府勤めの勘定組頭の息子だったが、家督を継いだ後、御家断絶で浪人に。武士に襲われていた楽翁を剣で守ったことがきっかけとなり「御用宿　橘屋」で働くことになる。一刀流の剣の遣い手。寺役人の近藤金五はかつての道場仲間。

お登勢
橘屋の女将。亭主を亡くして以降、女手一つで橘屋を切り盛りしている。

近藤金五
慶光寺の寺役人。十四郎とは道場仲間だった。

藤七
橘屋の番頭。十四郎とともに調べをするが、捕物にも活躍する。

万吉
橘屋の小僧。孤児だったが、お登勢が面倒を見ている。

お民
橘屋の女中。

おたか
橘屋の仲居頭。

八兵衛
塙十四郎が住んでいる米沢町の長屋の大家。

松波孫一郎

北町奉行所の吟味方与力。金五が懇意にしており、橋屋ともいい関係にある。

柳庵

橋屋かかりつけの医者。本道はもとより、外科も極めている医者で、父親は表医師をしている。

万寿院（お万の方）

十代将軍家治の側室お万の方。落飾して万寿院となる。慶光寺の主。

楽翁（松平定信）

かつては権勢を誇った老中首座。隠居して楽翁を号するが、まだ幕閣に影響力を持つ。

春雷

隅田川御用帳（七）

第一話　風呂屋船

一

「名残《なごり》も夏の薄衣、鶯《うぐいす》の巣に育てられ、子で子にならぬほととぎす、われも二八の年月を、養い親に育てられ、子で子にならず振り捨てて、死に行く身は人ならぬ、死出《しで》の田長《たおさ》かほととぎす……卯月《うづき》五日の宵庚申、死なば一所と契りたる……」

聞こえてくるのは浄瑠璃語《じようるりがた》り『心中宵庚申』道行きの一節だった。

塙十四郎《はなわじゆうしろう》は、ものぐるおしく激しい三味線《しやみせん》の撥《ばち》の音《ね》を追って、柳原《やなぎわら》土手をかけ上がった。腕の中には、火のついたように泣く赤子《あかご》を抱えていた。

「ぼうず、聞こえるか、三味の音だぞ」

十四郎は赤子の背を立て、その顔を河岸《かし》に向けた。

目線の先には、弾き語りをしている男が見える。

男は、手ぬぐいを頭からふわりと垂らして、その両端を顎の下で軽く結び、粋な着物を着流していて、河岸に置かれた樽に腰を据えて三味線を爪弾きながら浄瑠璃を語っていた。声にも様《さま》にも艶《つや》があった。

男は客寄せをしているところであった。客寄せといっても、府内の川や堀の河岸で『江戸湯船』と称する風呂屋船への誘いである。

三味線を弾く男の後ろには川端に屋根船が停泊していて、その船からは白い煙があがっている。船の中には湯風呂が据えつけてあり、湯銭をとって商いをする移動風呂船がそれである。

客は河岸で働く人足や船乗りなどが主だというが、湯銭一人十三文《もん》は、府内で営業する湯屋の湯銭十八文に比べると五文も安く、まだ寒さの残る川端では、体を温めるのに好都合だと喜ばれて結構な繁盛だと聞いている。

三味線を弾くのは客寄せのためだけではない。船の中で湯を使う客が退屈しないようにという計らいもあり、演目も客の希望に応じて自在に変える。

この湯船を営む者は、夫婦者であったり、兄弟であったり、様々だと聞いているが、目の先に見える風呂屋船は、三味線を弾く男と、船の上で釜に薪《まき》をくべ、あるいは川の水を汲《く》み上げたりする男と二人で営業しているようだった。

赤子は、三味線の音に魅せられたのか、まもなく泣くのをぴたりと止めた。

「ふむ……」

十四郎は、ほっとするのと同時に、まじと赤子の顔を見た。三味線の音に反応して泣くのを止めるのが不思議だった。

――この子は、三味線弾きの子かもしれぬな。

ふと、十四郎はそんなことを考える。

「文吉《ぶんきち》、お前のおっかさんは、どこにいるんだ……ん？」

十四郎は、腕の中で目に涙をためたまま、きょとんとして三味線を聞いている赤子に語りかけた。

すると赤子は、両手に拳を作って、あぶあぶ言いながら足をつんつんと踏ん張ってみせるのである。

十四郎が「文吉」と呼びかけたのは、三日前の夕刻に、米沢町《よねざわちょう》にある小さな地蔵堂に捨てられていたこの赤子を拾った時、赤子の衣服の懐に差し入れてあった紙切れに『文吉』と書いてあったからである。

その時、十四郎は赤子を抱き上げてはみたものの、正直、しまったと思った。自分は一人暮らしの素浪人、捨て子を拾って育て上げる自信はない。まして捨て子は乳飲み子である。

十四郎は、とっさに周囲を見渡していた。子を捨てた母親か父親が、ひょっとしてこの光景を陰から見ているかもしれないと思ったからだ。

いらぬ子を捨てたのではないことは、まるまると太った艶のある赤子の顔を見れば察しがついた。

のっぴきならない事情で地蔵に子を託したとすれば、どんな人間にわが子が拾われるか、親なら見届けたいだろうと考えたからだ。

しかし、十四郎の期待は裏切られた。

赤子を抱えて途方にくれる十四郎に、格別の視線を向ける者は一人もいなかった。行き交う人は、落ちていく陽の翳《かげ》りに急《せ》かされるように足早に過ぎていく。

――こうなったら、大家の八兵衛《はちべえ》に相談して、番屋にでも届けるしかあるまい。

この江戸では、捨て子は親が見つからなければ、町内で養育することになっている。その間に運よく貰い手が見つかれば、町は町費の中からいくばくかの金を捨て子につけて、養家に貰ってもらうのである。町内に捨てられていた幼い子を、そのまま放置することは、法の上でも、人情の上でも、江戸の民はしなかった。

――なんとかなるだろう。

十四郎は、赤子を抱き抱えて帰ったが、

「まだ生まれて二、三か月ですね、この赤ん坊は。困りましたね」

八兵衛は頭を抱えた。

大家の八兵衛も一人暮らしである。番屋に届けたとしても親が見つかるか、あるいは養子口が見つかるまでは、大家の責任で預からねばならぬ。せめて二、三歳にでもなっていれば養育もたやすいが、乳飲み子の世話は容易ではないと八兵衛は言うのであった。

「すまぬな。捨て置くこともできかねたのだ」

「いえ、それはごもっともでございますよ。私だって、ほうってはおけなかったと存じます。まあ、こうなったら長屋の者みんなに助けてもらって……それしかありませんね」

こういう時の八兵衛の動きは早かった。さすが大家というべきか、すぐに長屋の女房たちを集めると、貰い乳やおしめのとり替えを協力するよう頼んでくれたのだ。

ただし赤子の住まいについては、八兵衛の宅ではなくて、十四郎の長屋とした。

それは十四郎が申し出たからだが、皆の協力は協力として、誰かの家に預けっ放しというのも言い出しかねた。十四郎には、拾ってきた責任があった。

長屋の者たちは、皆その日その日を、昼も夜も立ち働いてやっとこさっとこ凌《しの》いでいる。赤子が家にいれば、足手纏《まと》いになるのは目に見えていた。

「旦那、旦那が橘《たちばな》屋さんにお仕事にいらっしゃる時には、あたしゃ誰かが交互に子守をするからさ、なんとかなるよ」

あの口うるさいおとくが、先頭を切ってそう言ってくれたのである。

そういう訳でこの三日の間、赤子は長屋の皆の手で育てられてきたのであった。

幸い十四郎も、橘屋からの呼び出しもなく、終日赤子のお守りに明け暮れていた。

ただ、赤子はよく泣いた。昼といわず夜といわず、思い出したように泣く。

そのたびに十四郎は、赤子を抱えて、おろおろするばかりであった。

たいがいは泣き声を聞きつけると、長屋の誰かの女房が飛んできてくれたが、時折訳もなく火がついたように泣き出すと、十四郎は赤子を抱えて表に飛び出した。

米沢町の北側は両国広小路《りょうごくひろこうじ》、昼間ならそこに芝居小屋などが軒をならべ、賑《にぎ》やかな三味線の音が往来にまで流れている。

赤子が、その三味線の音に異常な親しみをみせ、三味線の音を聞くと瞬《また》く間に泣き止むことが分かったのである。

今日も先ほど、おとくがたっぷり貰い乳をしてくれて、満腹の筈だったし、おしめも替えてくれたばかりだった。

ところが突然、何を思い出したのか大泣きを始めたのである。

——また、始まったか。

十四郎はもうへとへとで、うんざりしたが、

「旦那、今なら三味線、どっかで弾いてるよ」

おとくに急かされて、赤子を抱えて長屋を走り出た。

しかし目当ての小屋が今日は休業らしく、困り果てた十四郎は、風呂屋船の客寄せ三味線を思い出して、両国広小路からまっすぐこの柳原の河岸に走ってきたのであった。

「今日を限りにしてくれよ、文吉。お前には心中の道行きなど分かるまい」

十四郎は、赤子の頰に筋をつけていた涙の跡を、そっと拭った。

——それにしても罰《ばち》当たりな親だ。こんなに可愛い、いたいけな子をなぜ捨て

る。

泣き叫ぶ子を抱いて走っている時には、どこかの軒下にでもこの子を捨てれば楽になれるなどと鬼のような気持ちが起こるのだが、こうして泣きやんだ顔を見ると、不憫《ふびん》で愛しい。

「塙様」

ふいに呼ばれて後ろを向くと、風呂敷包みを抱えた野江《のえ》が立っていた。

「これは野江殿」

十四郎は、とっさに腕に抱いている赤子を、どこか懐の中にでも隠そうかと思ったが隠せる筈もなく、赤子を抱いたまま頭を掻いた。

「このお子ですね。八兵衛さんからお聞きしました」

野江は、十四郎に体を寄せてくると、赤子にばあっというような顔をして見せた。

赤子は、えくぼを見せて足をつんつん踏ん張っている。

「可愛いお子ですこと……わたくしにも抱かせて下さいませ」

野江はごく自然に、十四郎の腕から赤子を取り上げると、体を揺すってあやしながら、

「私、柳庵《りゅうあん》先生からもう大丈夫だと御墨付きを頂きました」

と、晴れやかな顔を上げた。

「ほう、それはよかった」

「労咳《ろうがい》は養生でよくなりました。塙様や橘屋の皆様のお陰でございます」

野江は柳庵の言葉を一刻も早く十四郎に伝えようと、診療所の帰りに米沢町の長屋に立ち寄り、十四郎が赤子を拾った話を聞いたのだと言った。

正月明けの雪の降る日に、野江は永代橋《えいたいばし》から身を投げようとした女であった。偶然通りかかった十四郎が助けたのが縁で、十四郎は野江が抱えていた事件を解決している。

ただ、その時野江は病んでいて、余命いくばくかと思われる儚《はかな》げな風情であった。しかも容易に払い切れない借金を抱えていた。

十四郎は医師の柳庵を紹介してやり、野江の治療代も十四郎がずっと払ってきたのである。

十四郎には、野江に対する思い入れがいささかあった。野江の面差《おもざ》しが、不遇のうちに自刃したかつての許嫁《いいなずけ》の雪乃《ゆきの》に似ていたからである。

幸せにしてやれなかった雪乃への思いが、野江を窮地から救うことで、自身の気持ちも救われるような気がしていた。

だがそのことで、駆け込み寺『慶光寺《けいこうじ》』の御用宿『橘屋』の女将お登勢《とせ》との間には、いまだにひんやりとした空気が漂っている。

しかしそれも、野江が健康を取り戻し、暮らし向きの目途が立てば、十四郎の胸にある屈託《くったく》に決着はつけられる、十四郎はそう思っていた。

「十四郎様、よろしければ私がこのお子をお預かり致しましょうか。私の長屋に子を産んだばかりのおかみさんがおりまして貰い乳も可能です。十四郎様には橘屋のお仕事がおありでしょう？」

「それはありがたい……しかし手をとられるぞ」

「私、ずいぶん皆さまにはお世話をおかけ致しました。少しでもそのご恩にお返しできればと存じます。お任せ下さいませ」

野江の申し入れで、十四郎は久方ぶりに解放されたような気分になった。

なにしろ、この三日の間、酒はおろか、食事もそそこに済ませて赤子の子守りをしていたのである。ぐっすり眠ったという記憶もなかった。

すぐに野江と一緒に長屋に引き返すと、八兵衛に事情を話し、おとくに手伝わせて赤子の身の回りのものを風呂敷に詰めた。

おしめと肌着と、それに着替えやおもちゃまで、長屋の連中がこの三日の間に持ち寄ったものである。いずれの品にも長屋の者たちの心が籠められていた。

「でもさ、十四郎様も早く奥様をもらってさ、ご自分の赤ちゃんをだっこしないとさ」

おとくは、野江をちらりと見て、意味ありげな顔をつくって、余計なことまで口走る。

「おとく」

「心配しているんですよあたしゃ。いつまで十四郎様はむさ苦しい生活続けるんだろうってさ……ああ、これ、あたしがお持ちしますよ」

おとくは言い、膨《ふく》らんだ風呂敷包みを抱えると、

「それじゃあ、参りましょうか」

赤子を抱いた野江の後ろに従った。

まもなく、十四郎は両国橋を渡って、東詰にある飲み屋に入った。

存分に飲み食いして、飲み屋を出たのは六ツ半（午後七時）ごろ、両国橋を引き返そうとしたその時、橋の袂《たもと》に人だかりができているのが目に入った。

なにげなしにふと覗くと、紋付き黒羽織の坊主頭の面付きが悪相の男に、老婆が食ってかかっていた。

「やい、あたしを年寄りだと思って馬鹿にしちゃあいけないよ。皆さんの前ではっきりしてもらおうじゃないか、え。金は返してくれるんだろうね」

老婆は、裾をまくり上げて、見得《みえ》を切った。

「婆さん、なんの話だ。ありもしねえ話を大勢の皆さんの前でするんじゃねえぜ」

坊主頭の男につき添っている、これまた人相のよくない男たちの一人が、老婆の前に出た。

「嘘をつく気だね、お前たち」

「黙れ、このお人を誰だと思ってるんだ、婆さん」

「ふん、なんとかの検校《けんぎよう》だって？……笑わせるんじゃないよ。目が開いてるんじゃないのかい。お上《かみ》を騙して、弱い者苛《いじ》めをして。訴えてやるから覚えていな」

「ばばァ、どけ」

男は、歯をむき出しにして叫ぶ老婆を突き飛ばした。

「待て」

十四郎は、飛び出していた。

「どんな事情か知らぬが、年寄りを痛めつけるのはよくないな」

老婆を抱き起こして、ぐいと睨んだ。

「これはお武家の旦那、旦那のおっしゃる通りでございますが、この婆さんは何か勘違いをしてるんでございますよ」

「何、勘違いだと」

「金を貸したの借りたのと、そんなことは何もないのでございますよ」

「婆さん、本当か」

十四郎は、肩で大きな息をつきながら、男たちを睨んでいる老婆に聞いた。

「この、嘘つき。嘘をついてるのは、この男たちだ」

「と言ってるぞ」

十四郎は、男たちに目を戻す。

男は、冷ややかに笑うと言い放った。

「婆さん、証拠を持ってきな。話はそれからだ。旦那、そういう訳でございますので」

男は、急に十四郎にばか丁寧に頭を下げると、振り返って、

「参りましょうか」

冷然として立っている坊主頭の男を促した。

「待ちな」

老婆が簪《かんざし》を引き抜いた。

だが、去っていく男たちに向かって突き進もうとしてつんのめった。いきのいい口舌《こうぜつ》とは違って足元は覚束《おぼつか》ない。

素早く老婆の体を抱き留めた十四郎は、老婆の手をぎゅっと摑《つか》んで静かに言った。

「婆さんの手には負えぬ。止《よ》すんだ」

「放せ。放しておくれよ」

喚《わめ》き続ける老婆を、ほうっておくこともできなくなった十四郎は、老婆の手を引っ張って長屋に連れ帰った。

「あらあら、旦那。今度は婆さんですか」

家に入ってきたおとくが、事態を察知してあきれ顔で言った時には、十四郎自身、また難題を抱えてしまったという後悔に襲われていた。

「赤ちゃん、野江様に抱かれて、ずいぶんと落ち着いたようでした」

おとくは、野江と赤子の様子を告げると、十四郎を手招きして、

「旦那、早く帰しちまったほうがいいですよ。居着かれた後で追い出したりしたら、年寄りを苛めるのなんのと言われて、ろくなことないんだから。人の好いのもいいかげんにしなきゃ」

小声で言い、眉根を寄せた。

赤子は野江様がしばらく預かってくれることになったとはいえ、決着がついた訳ではない。その上、婆さんまで拾ってきてどうするつもりだ。十四郎様一人でどうにかなるのなら小言を言うこともないが、そういう訳にはいかないでしょ。

おとくは十四郎の耳にそう言うと、畳の部屋で火鉢に手をかざしてこちらを窺っていた老婆に、とってつけたような笑みを送って、そそくさと帰っていった。

「婆さん、さっきの話だが、事を分けて話してみろ」

十四郎はおとくが消えると、老婆に聞いた。

「あたしを早く追い出しなって、言ったんだろ」

老婆は横を向いて、顎を突き出してふんとしてみせた。

「いや、あのかみさんには、頼みごとをしていたのだ」

「あたしゃ地獄耳なんだよ。旦那、言っとくけど、旦那があたしをここに連れてきたんだよ」

「その通り、だから言っているではないか、勘違いをするなって。さあ、機嫌を直して話してみないか」

「……」

「婆さん」

「婆さんじゃないよ、あたしゃ、おきんだ」

「そうか、おきんというのか、婆さんは……。しかしそれだけしっかりしていて、騙されたとはどういうことだ」

「あたしが騙されたんじゃないよ。息子が騙されたんだ」

「ほう、で、その手口は」

「旦那、あたしゃ朝からあの嘘つき野郎を追っかけていて、なんにも口に入れてないんだ。すまないが、何か買ってきておくれでないかい」

おきんは巾着を取り出して、紐に通した一文銭を数え始めた。ただ、その数え方がさももったいなさそうに、いくばくかの銭を畳の上に並べては仕舞い、また並べてはまた仕舞う。

「この銭は、息子があたしにってくれた銭なんだ」

と説明して、

「大切な銭を使っちまうおっかさんを許しておくれ」

などと、おきんは独りごちて洟《はな》を啜るのであった。

「おきん婆さん、しまっておけ、その銭は。飯は俺が馳走するぞ」

「ほんとですか」

おきんは洟を啜り上げると、ぱっと顔を上げてにっと笑った。

「できれば熱燗も一杯」

「何……婆さんは酒も飲むのか」

「寝酒をやりますです……はい」

この夜、おきんがしゃべったのはそこまでだった。

結局十四郎はその後も、やれ茶だ酒だとおきんの世話を焼きながら、自身もまた酒を飲み、溜まりに溜まった寝不足から突如眠気に襲われて、ついにそこにそのまま眠ってしまったようだった。

翌朝、十四郎が目覚めた時には、おきんは姿を消していた。

ただ、おきんは、眠ってしまった十四郎に、奥の方から夜具を引っ張ってきてかけてくれたようだった。

――ふむ。

人並みの優しさも持ち合わせていたのかと、障子に射しこむ陽の光を、しばらくぼんやりと眺めていた。

久しぶりに静かな朝を迎えたと思った。

二

しかし、結局昨夜《ゆうべ》の騒動は何だったのかと、おきんに振り回された自身の軽率さに苦笑しながら昼食を済ませたところへ、

「十四郎様、駆け込み人でございます」

橘屋の小僧万吉《まんきち》が、犬のごん太と駆けてきた。万吉は齢《よわい》十一歳だが足が速く、お登勢からの呼び出しは、いつも万吉が使いに来る。

連れている雄犬のごん太は、ある事件で独りぼっちになったのを、お登勢が孤児《みなしご》の万吉のために飼い犬にしたのである。

十四郎もすぐに万吉の後を追った。

陽射しはまだ弱く冬の名残はあるが、風もなく暖かだった。深川《ふかがわ》の橋屋まで急ぐ間にも、生け垣や塀のそこここに梅のほころび始めたのが幾つも見えた。

いつのまにか、春が訪れていたのだと思った。

だが、橋屋の玄関に入るやいなや、突然奥から女の啜り泣きが聞こえてきて、十四郎は一瞬にして身の引き締まる思いがした。

「十四郎様がお見えになりました」

女中のお民《たみ》が帳場の裏の小部屋に走る。

十四郎が戸を開けてその部屋に入った時、若い女が袖で顔を覆って泣いていた。

お登勢が緊張した顔で頷き、十四郎を見迎えた。

「十四郎様、こちら、お初《はつ》さんといいまして、年は二十一。ご亭主は秀吉《ひできち》さんといって、風呂屋船を営んでいるようです」

帳面の前に控えている番頭の藤七《とうしち》が説明した。

「風呂屋船をな」

「はい。詳しい話はこれからでございますが、お初さんは、もうご亭主を信用できなくなった、我慢できなくなったと……」

「ふむ」

「十四郎様、お初さんは秀吉さんに痛めつけられて、顔や腕に相当数の痣《あざ》ができています。さきほど私が確認致しました」

お登勢が言った。すると、わっとお初の泣き声は大きくなった。

「お初さん……塙様もお見えになったことですし、心を静めて、駆け込みを決心した原因を話して下さい。ご亭主を信用できなくなったその理由、なにが我慢できないのか、なぜ叩かれたのか……嘘偽りのないところを。よろしいですね」

お初は、お登勢の問いかけに顔を袖で覆ったままで頷いた。だがすぐに涙を慌ただしく拭うと、

「申し訳ありません、よろしくお願い致します」

湿った声で言い、顔を上げた。目の縁に青黒い痣が島を描いていた。痛々しい形相だった。

「あたしは大崎《おおさき》村が生まれですが、小百姓の叔父夫婦に育てられ、十三の時から富沢町《とみざわちょう》の味噌醤油屋の『千成屋《せんなり》』で奉公していました。秀吉さんと知り合ったのは、千成屋の得意先の飲み屋『もみじ屋』さんでした」

お初は、遠くを見るような目をして言った。

千成屋の三軒隣にもみじ屋という飲み屋があったが、そこに、味噌や醤油をお

初は届けていたのである。

配達は男の奉公人の仕事だが、向こう三軒両隣はお初が配達していたのである。むろん樽買いではなく量り売りの品だった。

お初が十八の頃だった。もみじ屋の店先で、味噌を届けて外に出てきたお初と、店にやってきた秀吉がぶつかった。

お初は足が縺《もつ》れてよろめいた。同時に握っていた味噌の代金が軒下に散らばった。

「ごめんよ。気がつかなくってよ」

秀吉は即座にそこにしゃがみこんで、散らばった銭を拾って渡してくれたのである。

日に焼けた精悍《せいかん》な顔立ちの秀吉が、白い歯を見せて笑っていた。

秀吉は大坂《おおさか》の蔵屋敷から、諸国の物産を江戸に運んでくる廻船《かいせん》に乗る船乗りだった。陸《おか》にあがると、もみじ屋にやってきて、うまい酒と肴《さかな》で腹を一杯にするのが楽しみなんだと言った。

二人が人目を忍んで会うようになったのはこの時からで、一年後に、二人は村《むら》松町《まっちょう》の裏店《うらだな》で所帯を持った。

秀吉は足を怪我して、船を下りていた。

今後の飯の種をどうするのか、二人は膝を突き合わせて考えた。不安はあったが、向後ずっと秀吉と一緒に過ごせることの方が、お初には幸せだった。

風呂屋船を営むという案を出したのは秀吉だった。

秀吉は船乗りあがりだ。江戸湊に入ってきた船乗りが、真っ先に思うのは風呂に入ることだということを身をもって知っていた。

湊で船出を待機するにしても、町に繰り出すにしても、一度垢《あか》を落としてさっぱりしたいと船乗りは願うのである。

とはいえ、町場の湯屋に行く暇も惜しく、また、町のどこに湯屋があるのか摑んでいる訳ではない。

そこで、てっとり早く利用するのが、湊や川筋で営業している風呂屋船だった。寒天に冷えた体を温めてくれるし、暑中には汗と垢を根こそぎすぱっと落としてくれる。しかも湯代は格安である。船乗りには人気があった。

風呂屋船の商いは一見利が薄いようにもみえる。だが、塵《ちり》も積もればなんとやらで、風呂屋船を始めて数年で、府内で表店《おもてだな》を開くまでに成功した人の話も秀吉は聞いていた。

「三年、いや、五年辛抱すれば、表店にそれなりの店を持つことができるぜ、お初」

秀吉のその言葉で、お初も心を決めた。

幸いお初は、三味線が弾けた。奉公していた千成屋の隠居が人形浄瑠璃が大好きで、自身が三味線を習うだけでは満足できず、これと定めた奉公人に隠居自ら手ほどきをして、年に数回、店の者たちの前で浄瑠璃を語って聞かせるという趣味があった。

お初が奉公してすぐに、この隠居の白羽《しらは》の矢が立ち、手ほどきを受けているうちに、覚束《おぼつか》ないながら三味線を弾けるようになっていた。

隠居は先年、お初が店を辞める半年前に亡くなって、しばらく三味線を弾くこともなかったが、客寄せの三味線ならごまかせるとお初も考えた。

そこで二人は、それまでに貯めていた金を出し合って、中古の風呂屋船を買ったのである。

「商いを始めて一年目に五両、二年目に八両、今年に入って三両、合わせて十六両蓄えました。ところが秀吉さんは、あたしに断りもなしに、そのお金、どっかへ持っていってしまったのです」

お初は、そこまでしゃべると厳しい顔をして、お登勢と十四郎を交互に見た。怒りがまたふつふつと湧《わ》いてきたようだった。

「博打《ばくち》か、それとも女に使ったのか」

十四郎が聞く。

「分かりません。詳しいことは何も話してくれません。金は倍になって返ってくるんだなんて言い訳するばかりで……厳しく問い詰めたら、亭主を信用できねえのかと殴られてしまいました」

お初は、深い溜め息をついた。

奉公で貯めた金も、二人で風呂屋船を営んで貯めた金も、気がついたら全部目の前から消えていたのである。

「いい人だと思ってたのに……」

「ふむ……ではお初は、亭主が金のことをはっきりさせてくれたら、別れるのなんのと、そういうことは言わない、やり直してもいいと思っているんだな」

「……」

「お初」

「あたし、本当は死んでしまいたい……死ぬ場所を探していたんです。でも、死に切れずにここに」

「お初さん、なんてことを言うんですか。死んで花実が咲くものですか。まだこれからだというのに、馬鹿なことを言うものではありません」

厳しい口調でお登勢が言った。

「だって、あたし、せっかく授かった赤ちゃん、捨ててきたんです」

お初は、またわっと泣き崩れた。

「赤子を捨てた……」

十四郎は驚いて、お登勢と顔を見合わせた。そして一喝《いっかつ》した。

「おいお初、お前はどこに、いつ、赤子を捨てたのだ……お初！」

「十四郎様……」

十四郎の剣幕に、お登勢の方がびっくりしたようだった。

「お登勢殿、実はな、四日前に俺は赤子を拾っている」

「まあ、じゃあ近藤《こんどう》様のお話、本当だったのでございますね」

「金五《きんご》の話？……なんのことだ」

「近藤様は二日前に十四郎様をお訪ねになったそうですが、その時、長屋の表で赤ちゃんをだっこしてあやしている十四郎様を見かけて……で、近藤様のおっしゃるのには、どこかの女の方に産ませたお子ではないかと……それで近藤様は声をかけづらくなってそっと帰ってきたのだと、そうおっしゃって……」

「馬鹿な……米沢町の地蔵堂で拾ったのだ」

十四郎の言葉に、お初ははっと顔をあげ、十四郎を見詰めると、

「あの、地蔵堂で赤子を……塙様が赤子を拾ったのでございますか」

「そうだ。文吉と書いた紙切れを抱いておった、その赤子がな」

「文吉……」

「お前の子か」

「申し訳ありません。あたし、一緒に死のうと初めは考えていたのです。でも、生まれたばかりの赤ん坊の命を絶つのが可哀相になって、せめてあの子だけでも幸せになってくれればと……」

「馬鹿なことを……親に捨てられた子が幸せになれる筈がないではないか」

「……」

「長屋の皆が手助けしてくれたから良かったものの、この寒空にほうり出して、お前はそれでも母親か」

「あたし、死ぬ勇気もないと分かった時、文吉を捨てたことを後悔しました。そ

れで、暗い夜道を地蔵堂まで行ったんです。でも文吉はいませんでした。誰かが拾ってくれたのだと思いました。もちろん番屋にも行きましたが、子を拾ったという届けはないと言われました。こうなったら、秀吉さんと別れた後で、もう一度文吉を捜そうと……」

「お初、文吉はな、三味線の音を聞くと泣きやんだのだ。なぜだか分かるな」

「……」

「今にして思えば、文吉は三味線の音を母だと思っていたのだ……哀れな……」

十四郎は、柳原土手で三味線の音に、嬉しそうに拳をつくって、足をつんつん踏ん張ってみせた文吉の姿を思い出していた。

「夫婦仲がどうであろうと、お前のしたことは許せぬな」

「本当にすみません」

「謝るのなら、文吉に謝るんだ」

「はい」

「二度とわが子を捨てぬと誓えるか」

お初は小さくなって頷くと、また、はらはらと涙を落とすのであった。

「野郎！……お初のやつは、駆け込みしてやがったんですかい」

秀吉は、腕をまくり上げて立ち上がった。吐き捨てた息が鼻を摘《つま》みたくなるほど臭い。饐《す》えた酒の臭いだった。

「まあ待て、座れ」

十四郎が一喝すると、秀吉は渋い顔をして、また樽の上に乱暴に腰を据えた。

お初が家を飛び出してから風呂屋船は開店休業の状態だったのか、秀吉は風呂も焚かずに、霊岸《れいがん》橋の袂に船を繋《つな》いで酒を食らっていたようである。

十四郎と藤七が、秀吉の船を探し当てた時には、秀吉は既にへべれけに酔っ払っていた。

お初の話を切り出した時、秀吉は妻子を案じていたとみえ、身を乗り出すようにして聞いていたが、縁切り寺『慶光寺』の寺宿『橘屋』にお初がいるのだと話した途端、怒りで形相が変わった。

「亭主の気持ちも分からねえで、駆け込みとはよ。よくもまあ、やってくれるもんだぜ。結構じゃねえか、上等だ。何もまわりくどいことをしなくってもよ、別れてやらあって、そう言ってくんな」

「つよがりを言うものではない。お初も心《しん》から別れたいなどと思ってはいないのだ」

「分かるもんかい。旦那、あの女はよ、俺を泥棒よばわりしたんだぜ。亭主の俺が泥棒だとよ。やってられねえよ、まったく」

「秀吉」

「ふん、せいせいしやすよ、これで。つかえていたものがとれやした」

「馬鹿、いい加減にしろ。もとはといえばお前が悪いのではないか。そこの船を買った時も、お初は惜しみなく蓄えていた金を差し出したというではないか。以後、商いも二人でやってきた。それをお前は、蓄えた金をお初に黙って使ってしまったのだ」

「あいつはそんなことまで……旦那、あっしはね。苦労かけてるあいつに、少しでも楽させてやりてえって、それで……」

「それで……」

「半年で倍になるって言われて預けたのよ」

「ほう、どこにだ。そんなうまい話が本当にあるのか」

「………」

「秀吉」

「嘘じゃねえ……けどよ、金を預けた相手がいなくなったんだ」

「何……騙されたんだな」

「人を騙すような人間じゃねえよ、あいつは……何かふけえ事情があったんだって待ってるんだ。そのうちに現れるってね」

「ふーむ。誰に預けたのか言ってみろ。お初はな、金の行方をはっきりしてくれたら、お前のもとに戻ってもいいと言っている」

「……」

「自殺まで考えていたのだぞ……思い詰めて、文吉を捨てて一人で死のうとしたのだお初は……秀吉、俺はお前のために言っているのだ。力になるぞ、話してみろ」

「旦那……あっしが金を預けたのは、船乗り仲間の竹蔵《たけぞう》という男です。あっしより一年ほど後で陸にあがった男でさ」

秀吉は困り果て思案に暮れていたようで、さっきの勢いはどこへやら、一転して縋《すが》るような目を向けてきた。

竹蔵が秀吉の前に現れたのは、去年の暮れだった。

久しぶりに再会した二人は、風呂屋船の火を落とした後で、連れ立って柳橋《やなぎばし》の飲み屋に入った。

積もる話をしているうちに、秀吉から十三両貯めたと聞いた竹蔵は、俺に金を預けてみねえかと言ったのである。

「実を言うと、俺は今あるお人に世話になっているんだが、そのお人に金を預けると半年で倍になって返ってくるんだ」

「まさか」

「まあ聞け。で、俺はよ、知り合いやら小金を貯めてる人間やら誘ってよ、そのお人に金を預けているって寸法だ。どうだい、お初っちゃんのためにも賭けてみねえか」

竹蔵は、今にも金が倍になって返ってくるような口ぶりで秀吉を誘ったのである。

船乗り時代に竹蔵には借りがあった。面倒見のいい奴で、一度だって秀吉を陥れたことはない。

逡巡《しゅんじゅん》している秀吉を決心させたのは、竹蔵が「ダチのおめえに、絶対損はさせねえぜ。俺が責任を持つ」と言ったからだ。

秀吉は、翌日お初に内緒で蓄えていた全金額を竹蔵に渡したのである。お初に内緒にしたのは、知らぬ間に倍にしてお初をびっくりさせようと思ったからだ。

だが、知らぬ間に金が消えていることを知ったお初に問い詰められて、秀吉は不安になった。竹蔵に会い、その後の状況を確かめてみようと考えた。

はたして竹蔵が住まいする裏長屋を訪ねてみると、竹蔵の姿は消えていたのである。

「竹蔵の住まいはどこだ」

「音羽町《おとわちょう》でさ。何度も訪ねて長屋の者にも聞きやしたが、ずっと家には帰ってねえって言うんでさ」

「そうか……」

「番屋にも行ったんですがね、欲かいて騙される方も悪い。そう言われやした」

「分かった。俺も調べてみる。お前は、お初が帰ってきたら謝るのだ。謝ってやり直せ」

「ですが旦那、お初は見かけによらず気の強い女なんです。あっしが叩いたの殴ったのと訴えたようですが、先に手を出したのはお初の方です。そういう女ですからね。謝ったぐらいで、すんなり許してもらえるかどうか」

思わず十四郎は苦笑して、藤七と顔を見合わせた。

「いつも尻叩かれてんのは、あっしなんですから」

「それだけ情が濃いっていうものですよ、秀吉さん」

そう言ったのは藤七だった。

「そんなもんでしょうか」

「そういうものです。亭主が尻に敷かれているぐらいが、ちょうどいいんです」

「おっしゃる通りで……」

秀吉は照れくさそうに頭を掻くと、急に元気が出たのかそそくさと酒を片づけ、三尺帯をぐいと締め直して、白い歯を見せた。どうやら仕事をする気になったらしい。

十四郎は、秀吉の変わりようには、正直吹き出した。

総じて女房に駆け込みをされた亭主はだらしがない。おろおろするか、ふてくされるか、どっちかである。

これが、女だったらそうはいかぬ。一度決めたからには梃《てこ》でも動かぬという強い決心がある。

「女の人は、行動に移すまでに、辛抱に辛抱を重ねている訳ですからね。こうと決めたら、後ろを振り向かないのもそのためです」

お登勢の言葉が、十四郎の頭を過《よぎ》った。

三

その夕刻、お登勢はお民を供にして、お初を野江の長屋に連れていった。

訪《おとな》いを入れた時、文吉のぐずる声が聞こえてきた。

「文吉……」

お初は家の中に飛び込んだ。

「これはお登勢様」

びっくりした顔で、文吉を抱いた野江がお登勢たちを見迎えた。野江はお登勢から事情を聞くと、

「文吉ちゃん、おっかさんですよ。よかったですね」

お初の腕に、そっと手渡す。

「あの、ここでお乳を飲ませてもよろしいですか」

「どうぞ。ちょうどよろしゅうございました。貰い乳をするところでございました」

野江が頷くと、お初は上がり框《かまち》に腰を据え、もどかしそうに襟を割って乳房を出した。

透き通るほど張った白い乳房に、文吉は食らいつくように吸いつくと、うぐうぐ言いながら勢いよく乳を飲み始めた。

もみじのような掌《て》が、お初の乳を抱えている。

お登勢も野江も、そしてお民も、しばらくその光景を眺めていたが、誰ともなしに微笑みあった。

お初は泣いていた。乳を吸うわが子を見つめながら、愛しさに泣いているのであった。

子に乳をやる母の幸せを見詰めるお登勢。それは女が一度は夢に見る光景だった。物心ついた時から、本能的に子を抱く自分を思い描くのが女である。

女が結婚を望む大きな理由の一つには、わが子を腕に抱きたい母性があるからに他ならない。

お登勢の胸にもまだ諦めきれないものがあった。今ならまだ間に合うのではないかとふと思うことがある。

お登勢は前の亭主と、所帯を持って三年目に死に別れている。当時はそれですべてが終わったと思ったが、近頃では時折別の男との生活もあるのではないかと考える。

亭主と死に別れて年月が経ち、亭主の思い出が薄らいだという訳ではない。橘屋の将来を考えても、お登勢が再婚して子をもうけることが賢明な道ではないかと思うことがあるのだ。

周りの知人もそのことを心配してくれて、近頃はとみに縁談を持ち込んでくる。だがお登勢は、持ち込まれてくる縁談に見向きもしないで今日まで来ている。むろんその理由の一つには、縁切り寺の寺宿として、職務を滞りなく果たしていくという責任があるのは確かだが、再縁話に少しの興味もなかったのである。

ところがここに来て、静かだが自分の心境に変化があるのを、お登勢は感じ取っていた。歯牙《しが》にもかけなかった再縁話に、立ち止まって考えるようになっていた。

十四郎の存在が、お登勢の埋み火を掻きたてたようだった。亡き夫にはない頼もしさを感じていた。瞬く間に心惹《ひ》かれていく自分に気づいていた。

十四郎のような人と一緒になって、橘屋をもり立てていけたらどんなに幸せだろうかなどと思う時がある。

だが、十四郎は浪人とはいえ武家である。仕官をして塙家を再興させなければならない身の上である。身分上の違いもある。二人の間には、幾重にも越せない垣根があった。

これが、目の前にいる野江ならば、どうだろうかと考える。

野江は貧乏をかこつ裏店暮らしだが、武家の娘である。許婚を亡くしたとはいえ、体はまだ娘のままの筈だった。

――野江様なら、十四郎様と一緒になれる……。

お登勢はそこまで考えて、お初の胸から目を起こすと、ひたと野江に顔を向けた。すると、ちょうどこちらを窺うように見詰めていた野江と目が合った。お登勢が慌てて微笑を作ると、野江も今気づいたような顔をして、笑みを送り返してきたのである。

――野江様も、十四郎様をお慕いしている。

お登勢はすばやく野江の心を読んでいた。

「あら、お腹いっぱいになったのね。笑ってる」

お民が小さな声で呟《つぶや》いた。

それを潮にお登勢はお初を促すと、自身も礼を述べ立ち上がったが、訪《おとな》いを

入れる声がして振り向くと、

「お登勢様、ちょっと」

藤七が緊張した顔で、お登勢を呼んだ。

「秀吉さんが、南町《みなみまち》のお役人にしょっぴかれていったそうでございます」

藤七は声を潜めて言い、お登勢の後ろで野江に礼を述べているお初にちらりと目を遣《や》った。

「竹蔵殺しだということです」

「殺し……十四郎様はご存じですか」

「はい。先ほど番屋に参られました。詳しいことは十四郎様がお帰りになってからでないと……」

「分かりました、すぐに戻りましょう。お初さん……」

お登勢が振り返ると、お初は文吉を抱き締めて呆然として立っていた。

「いい気なもんだな。亭主が身を粉《こ》にして働いている時に……」

金五は皮肉たっぷりの言い方をした。その目は嵐が去ったような静けさを取り戻した『三ツ屋《みつや》』の二階の隣室を指していた。

十四郎たちが額を寄せ合っている小座敷の隣室に、先ほどまで賑々《にぎにぎ》しく昼食をとっていた中年の女房たちがいたのだが、先を争うように階下に降りたと思ったら、屋根船に乗り、今戸《いまど》辺りへほころび始めた梅の花の見物に出かけたからだ。

女房たちは、忙《せわ》しく料理を口に運びながら、亭主の悪口を並べ立て、姑《しゅうとめ》の意地悪さを披露して、それが終わると近隣の女房の噂話に花を咲かせて、おしゃべりは尽きないようだと思っていたら、突然梅の花の話になって、三ツ屋の女中を呼ぶと早速屋根船を仕立てての花見となったようなのだ。

女房たちは慌ただしく、寒風のように去っていったのである。

梅の花が咲き揃うのは、十日も先かと思われるのに、女房たちにはその頃合いを待つ辛抱もできないようである。

ともあれ、深刻な話をしているこちらとしては、やれやれという思いで、一同はまた、面を突き合わせた。

「十四郎様、秀吉さんは殺しを認めている訳ではございませんね」

お登勢が言った。

「番屋では、俺じゃないと叫んでいたようだが……」

その後、ひょっとして白状したのではないかという危惧はあった。

秀吉がしょっぴかれたという番屋に十四郎が駆けつけた時、番屋勤めの役人は、すでに秀吉は南茅場町《みなみかやばちょう》の大番屋に引っ立てられていったのだと言い、今頃は南町の旦那の調べを受けている筈だから会わせてはもらえないだろうと、十四郎を牽制《けんせい》した。

通常、捕えられた科人《とがにん》は、すぐに小伝馬町《こてんまちょう》に送られることはない。

奉行所にも仮牢はあるが、これは、重罪の者を奉行所から捕物出役《でやく》が出向いていって捕縛した時に、科人を留置しておくところである。

それ以外は、自身番から大番屋に連行されて留置され、そこで白か黒かの裁定を下していた。

十四郎が番屋の役人に、確かな証拠があって秀吉は縄をかけられたのかどうかを確かめたところ、昨晩、竹蔵の裏店に秀吉が訪ねていったことが長屋の者の目に留まっていたのだと説明した。

二人が言い争う声も聞いた、などと言う連中もいるようだった。

竹蔵の死体は、今日になって竹蔵を訪ねてきた母親に発見されたのだと役人は言ったのである。

「匕首《あいくち》で、心の臓をひと突きにされていたそうでございますよ」

番屋の役人は、まるで自身が恐ろしい目に遭ったような顔をつくった。だがその後に、

「ですが、秀吉はずっと『濡《ぬ》れ衣《ぎぬ》だ、俺は殺《や》ってねえ』などと叫び続けていましたね」

秀吉が引っ立てられてきた時の様子を、役人は正直に教えてくれたのである。

十四郎がお登勢と金五に、三ツ屋の小座敷で説明したのはそこまでだった。

お登勢は、秀吉が殺しを認めたのかどうかを十四郎に尋ねた訳だが、大番屋に連行されていった後の状況は、十四郎にも皆目《かいもく》見当もつかない。

「証拠の匕首は、秀吉さんのところにあったのでしょうか。それもなくて、長屋に訪ねていったというだけでしょっぴくなんて、ずいぶん乱暴な話だとは思いませんか」

お登勢が厳しい目を向けた。その時、

「御免」

北町奉行所与力《よりき》、松波孫一郎《まつなみまごいちろう》が藤七と入ってきた。

「ご多忙のところを申し訳ありません」

お登勢が、松波に空けてあった席を促した。

秀吉取り調べの詳細を知るのには、松波を頼るしかないと思った十四郎が、藤七を使いにやっていたのである。

この月は北町が非番だった。新しい訴訟ごとは南町が引き受けるが、北町も当番月に手がけた仕事に、順次裁定を下《くだ》している。中の仕事はいつもと変わりがないのである。

松波は座るなり、

「今度の事件ですが、冤罪《えんざい》の臭いがしますね」

と、一同を見回した。

「実はこのたび、春先には犯罪が多くなることから、奉行所では賞金を懸けまして取締りを厳しくしています。そういう背景もあって、南町の同心は確たる証拠もないままに、秀吉を引っ張ったのではないかと私は見ています。下手人を捕縛すれば金一封が出ます。上役の覚えもよくなりますから……。秀吉を捕縛した同心は野田《のだ》というのだそうですが、定町廻《じょうまちまわ》りになったばかりだということですから、なおさら手柄が欲しかったのではないかと。これは私の見解ですが」

「では、竹蔵を刺した匕首など、確たる証拠になるようなものは、まだ出ていないのですな」

金五が聞いた。

「出ていないようです。根こそぎ家捜しもして、風呂屋船も探索したようですが、それらしいものはなかったと聞いています。それより、私には気になることがあるのです」

松波は、そこで息を整えた後、話を継いだ。

「竹蔵という男は、船乗りをやめてすぐに、城市《しろいち》という検校のところに出入りしていたことが分かったのです」

「すると松波さん、竹蔵は座頭金《ざとうがね》と関わりがあったのでは、そう考えているのですね」

「おそらく……座頭金については、近頃北町にも訴えがあったんです。城市という検校から金を借りたが、たいへんな高利で身ぐるみ剝がされたと……しかしこっちは、座頭金と聞けばともかく借りたものは返せとしか言えない。座頭金については寺社奉行の管轄ですからね、被害を受けていると分かっていても、放置するしかないのです」

「すると、竹蔵という人は、名目金《みようもくきん》を集めていたのですね、きっと……秀吉さんはそれに引っかかった……」

お登勢が言った。

「いや……」

竹蔵はともかくも、秀吉については騙されたという感覚が、そもそも本人になかったように思われる。

名目金とは、官寺官社などが、幕府の許可のもとで余財を市民に貸し付ける金のことをいう。座頭金もこの名目金のひとつで、幕府の息がかかっているということで、借りた金を踏み倒した者は罪になった。

一方、名目金を扱っている者は、どんな強硬な手段を使っても回収できるという利点があった。しかも、利子一割半は表向きで、仲介料と称する手数料を取っていた。悪徳な座頭金は、実質年利三割以上になっていることも珍しくなかった。

驚いたことに、町場から金を集めてきて、それを名目金と称して金貸しをする輩《やから》もいた。

竹蔵はそういった偽名目金を集めていて、秀吉がそれに引っかかって口論となり殺したのではないかと、お登勢はそれを心配しているのであった。

十四郎は秀吉に会った時のことを思い出していた。秀吉は心底、もと仲間だった竹蔵を信じていて、何も詳しいことは聞かぬままに金を渡していたのである。

「すると、竹蔵自身も騙されていたのかもしれませぬな」

松波のその言葉に、金五はよしっと膝を叩くと、高揚した顔で言った。

「検校がかかわっているとなると、町方も動きにくい。実際、城市なる者が本当に位を得ている検校なのかどうか、俺がまず調べてみる。十四郎、おぬしは、城市の素行を当たってみてくれ」

四

「やっ」

十四郎は、城市と名乗る男の屋敷から、やくざな男たちに蹴り出された年寄りを見て驚愕《きようがく》した。

「おきんだ……おきん婆さんではないか」

男たちが門内に消え、扉が閉まるのを待って、おきんの傍《そば》に走り寄った。おきんは腰を抜かして、立ち上がれなくなっていた。

「おきん、肩につかまれ」

十四郎は、おきんの腕を引っ張るように引き上げた。だがおきんは、

「いてて……」

すぐに十四郎の足元に崩れるように尻餅をついた。

「足をやられたか」

十四郎は腰を折っておきんの顔を見た。

「腰だ」

「ふーむ。困ったな」

辺りを見渡すが、人の影はない。場所は北本所《きたほんじょ》だが、片側は武家地になっているために、夕暮れが迫る頃には辺りは閑散とする。

「塙の旦那、構わず行っとくれ。あたしゃここで死んでやる。あいつらがいかに非道な人間たちか、世間にばらすのにはちょうどいいよ」

おきんの空元気は相変わらずだった。あれからおきんが、どこでどうしているのか心の片隅にはあった。だが、秀吉の事件でおきんのことは頭から薄らいでいた。

「まっ、話は後で聞くとして……婆さん」

十四郎は、ひょいとおきんに背を見せてしゃがむと、

「おぶってやるぞ。俺の背中にしがみつけ」

「旦那……いいよ。お武家におんぶされるなんて、罰があたるよ」

「いいから……」

「だってさ」

「早くしろ」

十四郎は強い口調で促した。

「いいのかねえ……」

おきんらしくもない殊勝な言葉を呟きながら、おきんは十四郎の背中にしがみついてきた。

「旦那……すまないねえ」

歩き始めてすぐに、おきんが背中で呟いた。

「ふむ」

——軽いな……。

と、十四郎は思っていた。おきんの体は見かけよりずっと軽かった。背中に当たるおきんの体は、枯れ木のようにごつごつしていた。枯れて鬆《す》の入った木の枝を背負っているような錯覚にとらわれていた。

川端の通りに出ると、薄闇の中で行きあう人に好奇の目を向けられたが、何、構うものかと、十四郎はずんずん歩いた。

川向かいの駒形堂《こまんどう》には、灯がいくつも見え、灯の後ろには照らし出された駒形堂の美麗な姿がうっすら見えていた。

堂前に灯《とも》した灯籠の灯と、駒形堂の河岸に停泊している舟に灯した灯が重なり合って、その光が駒形堂を見上げるように照り出しているのであった。

十四郎は道を北にとった。南に下がれば、しばらく武家屋敷の塀が続くだけである。北に向かえば町地があって夕餉も摂れるし駕籠もある。

とんだお荷物を背負ってしまったと思いながらも、十四郎は検校城市の調べは、一朝一夕にはいくまいと考えていた。

この二日の間に探り当てたことは、間違いなく城市は座頭金と称する金を動かしていたということだ。

まだ被害の実態まで調べあげている訳ではないが、城市は座頭金で儲けた金で、吉原《よしわら》の女郎『薄雲《うすぐも》』を五百両で身請けして、妾《めかけ》として囲っていた。それがさきほど張り込んでいた屋敷である。

そればかりか、城市はまるでお大尽《だいじん》気取りで柳橋や深川の料理屋にもたびたび上がっている。芸者を引き連れどんちゃん騒ぎをやっていた。

金払いもいいというので、どこでも城市は大歓迎だということだった。

しかも拾い集めた話によれば、城市には、目の不自由さのかけらも見られないという。

城市が、あちらこちらの店で女たちに語ったところによると、ある夜、霊験《れいげん》あらたかなる法師が夢枕に現れて、城市の前で杖を十文字に切った。翌朝起きてみると、不自由だった目が見えるようになっていたというのである。

怪しげな話だった。いったい城市という男は、どういう経緯《いきさつ》で検校の位をもらったのか不透明なままだった。

ただ、城市が検校だったとしても、不当な高利貸しの実態を掴めれば、竹蔵殺しも解明できると考えていた。

そこで、城市の屋敷に張りついていたところ、偶然おきん婆さんが叩き出されるところに出くわしたのである。

「婆さん、飯でも食うか。腹を満たせば元気が出るぞ」

十四郎は、背中のおきんをよいしょっと揺すりあげて、横顔を向けて聞いてみた。

「旦那……」

返ってきたおきんの声は潤んでいた。

まもなく、十四郎の襟足に生温かいものが落ちてきた。

おきんは、背中にしがみついて泣いていたのである。

――婆さん……。

十四郎は、遠くに見える『めし屋』の看板めがけて黙々と歩きながら、おきんの涙にほだされて胸を熱くしていた。

「まるで、息子におんぶされてるようだ……」

おきんがまた背中で言った。小さくて優しげな声だった。

「おきん。そういえば婆さんには息子がいると言っていたな。あの検校に騙されたのだと言っていたが、その話、俺に話してみろ。力になるぞ」

「旦那、息子は死んだんですよ」

「何……」

立ち止まって、横顔を向けた。

「殺されたんだ、あの検校の野郎に」

「いつのことだ」

「一昨日だ。長屋で殺されていた……胸を刺されて……」

「婆さん、おまえの息子は、もしかして竹蔵か」

「そうだ」

「何……」

まさか竹蔵の母親がおきんだったとは……十四郎は驚いていた。

「お役人は、下手人は秀吉さんだって言うが、あたしゃ、最初から下手人はあの検校たちだと思ってるんだ」

おきんは、めし屋に入って、十四郎の背中から下りるなり言った。

「何か証拠はあるのか」

「証拠はないけど、竹蔵と秀吉さんは一番の友達だったんだ。竹蔵が秀吉さんを騙すなんてことも考えられないし、秀吉さんが竹蔵を殺すなんてこともある筈がないんだ。あたしはそのことを番屋で申し開きしたんだけどさ、とりあってはもらえなかった。なんとかいう秀吉さんをしょっぴいた同心に追い返されちまったんだ。あたしにゃ、奴らの手口が手に取るように分かるんだから。奴らは竹蔵を騙して金を巻き上げた上で、殺しちまったのさ。そうして、殺しの罪を秀吉さんになすりつけたに違いないんだ」

「ふむ……婆さん、実は俺も、秀吉の無実の罪を晴らすために調べていたのだ」

「だったら旦那、秀吉さんを助けてやっておくれよ。竹蔵が悪い人間じゃなかったってこと、証明してやっておくれよ」

おきんは、縋《すが》るような目を送ってきた。

「そのつもりだ」

「あたしゃねえ、旦那。竹蔵の敵《かたき》をとるまでは死ぬに死ねないんですよ……。実を言うと、あの子とはなさぬ仲だったんだけど、産みの親より育ての親って言うだろ。あの子は、あたしにとっては命より大切なものだったんだ。愛しい亭主の忘れ形見なんだからね」

「そうか。義理の母子だったのか」

「だけど、そこらへんにいる血の繋がった親子より、ずっと、中身の濃い親子だったんだから」

「だろうな」

十四郎が運ばれてきた酒を盃に注ごうとすると、おきんはひょいとそれを取り上げて、十四郎の盃を満たした後、自分も隣の飯台《はんだい》にあった盃を引き寄せて、なみなみと注いだのである。

「婆さん、いいのか。腰が痛むぞ」

「酒を飲めば治るのさ。腹痛でも風邪でも、あたしゃ、酒で治してきたんだ」

おきんは言い、ぐいと空けた。そして話を継いだ。

「塙の旦那。あたしゃ今ではこんな皺《しわ》くちゃの婆だけど、若い頃には、なんとか小町と言われるほどの美人だったんだよ」

十四郎は、思わず口に含んでいた酒を吹き出した。

「信じていないね、旦那」

「いやいや、もっともだ。信じるとも」

「ほんとだよ、旦那。あたしに言い寄る男は掃《は》いて捨てるほどいたんだから。だけど、女房を亡くして竹蔵を抱えて頑張っていた熊蔵《くまぞう》さんに惚れちまってさ、あたし」

「ふーむ。竹蔵の父親は熊蔵と言ったのか」

親子してずいぶん恐ろしげな名をつけたものだと感心していると、

「旦那、名は熊蔵でも優しくて気《き》っ風《ぷ》のいい男だったよ、熊蔵さんは。名は体《たい》を表すなんて嘘だね」

おきんは、物知りのところをちらりと見せて、

「で、あたしは、熊蔵さんの都合も聞かずに押しかけたってわけよ。押しかけ女房……」

そのかわり、おきんは竹蔵を可愛がり、熊蔵によく仕えたのだと言った。おかげで竹蔵は、すっかり本当の母親だと思うまでになっていた。

だが、幸せというのは続かないもので、熊蔵が突然亡くなって、おきんは竹蔵を抱えて途方にくれた。

どうすれば竹蔵に不自由させなくてすむかと知恵を絞り、おきんは青茶婆《あおちゃばばあ》の仕事を始めた。

青茶婆とは、一分《ぶ》とか二分、多くて一両の金を高利で貸しつける商売だった。返済しなければどこまでも追っかけて大声をあげたりするものだから、人には嫌がられている商売だが、竹蔵に不自由をさせないためには、それしかないとおきんは考えたのだと言った。

幸い、竹蔵はすくすくと育ってくれたが、十六になった時に船乗りになると突然言い出した。

「おっかさんに、もうこんな商売はさせられねえ。おいらが船乗りになりゃあ実入りもいいしよ、おっかさんに楽させてやれるんだ」

竹蔵の気遣いだった。おきんが人の誹《そし》りを受けてきたことに心を痛めていたのである。

竹蔵が家を出ると、おきんも商売替えをした。以後は住み込みで、商家の飯炊きなどをして過ごしてきた。

ところが、なんの理由か知らないが、竹蔵は船乗りをやめた。

陸に上がった竹蔵が検校の家に出入りするようになったのは、てっとり早く金になる仕事に就きたかったからだろうとおきんは言った。

「あたしゃ、危ない仕事はやめるように言ったんだけどさ、だけど竹蔵は小さい時にあたしがやってた商売を覚えていたに違いないんだ。お金が儲かったら、一緒に暮らそうなんて言ってさ……結局、殺されちまったんだ……悪いのはあたしなんだよ、旦那、あたしが昔、金貸しなんてやってなかったら、あの子は検校なんかとつき合いはしなかったんだ。それを思うと……」

おきんは太い溜め息をつくのであった。

本所亀沢町《かめざわちょう》で紙屋を営む『鹿島屋《かしま》』の女房おらくが、藤七に連れられて橘屋にやってきたのは翌日昼前のことだった。

「世間にも夫にも言えない、恥でございます……」

おらくはそこで言葉を切ると、窶《やつ》れた顔を十四郎とお登勢に向けた。

切羽詰まって途方に暮れていたことが、魂の抜け殻のようになったおらくの表情に表れていた。

おらくは年の頃は三十七、八かと思われる。色が白く、唇がぽってりとして、屈託さえ持っていなければ、三十そこそこに見られるのではないかと思われた。

おらくは、手前どものお店は紙屋といっても、奉公人三人と飯炊き女中一人というこぢんまりとした店だが、周りが武家地ということもあって、地道な商いを親の代から営んできた老舗《しにせ》だと、まず説明した。

店の話をしている間にも、まだ頭のどこかに逡巡があるように思われた。

「どうぞ、お話が外に漏れるようなことはございません。もちろん、ご亭主にお知らせすることもございません。ご懸念なくなんでもおっしゃって下さいませ」

お登勢が促した。

おらくはそれで安心したのか、

「実は私、こちらの番頭さんが座頭金のことをお調べになっているとお聞きしまして……あの、これを、ご覧いただきたくて。借用証文でございます」

懐から折り畳んだ紙を出して、お登勢の膝前に置いた。

「拝見致します」

お登勢は紙をとって広げると、すばやく目を走らせた後、唖然とした顔で改めておらくを見た。

「これはまた、ずいぶんな高利でございますね」

すぐに証文を十四郎の手に渡しながら、おらくに厳しい表情を向けた。

証文では、三か月前に五十両の借金をしているが、その時、手数料五両が差し引かれ、実質四十五両をおらくは手にしていた。

だが翌月、返済が五両だったため、残りの四十五両につき、再度借入という形をとらされて、手数料として四両二分取られていた。その翌月も五両しか返済出来なかったとして、残りの四十両に対して、また手数料四両が取られていた。

証文の頭に書いてある利子は、年利一割五分とあるが、実際は三か月で手数料と称して既に十三両二分も取られていた。

つまり、五十両の借金に対して、三か月で返済金と手数料を合わせると二十三両二分支払っている。にもかかわらず、残金はまだ四十両もあった。

月五両ずつ支払っていくと、元本五十両を十か月かけて払い切るまでに、手数料だけでも二十七両余の金額をとられる計算になっていた。元金返済の分も合わせると、五十両の借金で七十七両余も払わされることになる。

「商人のおかみさんがなぜ、このような高利の金と分かって借りたのでしょうか」

お登勢は厳しい口調で聞いた。

「いえそれが、手数料は仲介料としての最初の五両だけだと聞いていたのです。ところが翌月五両のお金を持っていった時、毎月精算の形をとるから、そのたびに手数料が発生するのだと言われたのです」

「お登勢様、鹿島屋さんの女将さんだけではありません。私が調べました他の方も、みんなその手でやられていました。結局、払っても払っても、なかなか元金は減らない仕組みになっているのです」

傍から藤七が説明すると、おらくは今にも涙がこぼれそうな顔をして、

「私が……」

と言葉を詰まらせた。だがすぐにきっと顔を上げると、

「月々都合できるのは、お小遣いや日々の台所のお金をごまかしても、五両が限度です。それで、こんな高利は許される筈がないと苦情を申しましたところ、嫌

なら一括で払え、それができないのなら亭主に告げ口をするなどと脅されまして……」

おらくは言い、太い溜め息を吐《つ》いた。おののきと絶望に襲われているとみえて、声にも息にも微かな震えが見てとれた。

「鹿島屋さんにしてみれば、五十両などいかようにも都合がつけられるのではありませんか。いっそのこと、ご亭主に事情を話されてはいかがですか」

お登勢が言った。するとおらくは、

「亭主に知れたら、きっと私、離縁されます」

と言う。

おらくは、この借金は、実は歌舞伎役者の卵である新之丞《しんのじょう》に渡してやったものだと打ち明けた。

友人に誘われて、歌舞伎役者の卵たちが集う会に参加したが、そこで、息子の年頃とも思える新之丞に心を奪われてしまったのである。

その新之丞から、お役を頂くためには先輩役者に袖の下を渡さなければならない、などと泣きつかれたおらくは、金の工面に困って会に誘ってくれた友人に相談した。

するとその友人に、夫に内緒で返済すればいいのだから、金は借りればいいなどと勧められて、おらくは座頭金を借りたのである。

むろんその友人も、座頭金にこんな落とし穴があるなどとは思ってもみなかったようである。

「私たち夫婦には子はおりません。夫婦の仲もなんとなく寂しく思っておりましたところに、新之丞さんに会って……魔がさしたのです。馬鹿なことをしてしまったと後悔しています。でも、座頭金は借りてしまったら最後、どこにも訴えることができません。いずれは夫に知れて離縁されるかもしれませんが、このまま泣き寝入りをするのは悔しいのです。もしも、お調べにお役に立つのでしたら、この証文、お使い下さいませ」

とおらくは言った。おらくは覚悟を決めてきたようである。

「分かりました。そういうことでしたら、この証文はしばらくお預かりさせていただきます。でもおらくさん、これは私の老婆心ですが、ご亭主にあなたの口からなにもかもお話しなさいませ。妻が夜も眠れないほど苦しんできたことを知れば、手を差し伸べない亭主はいないと存じますよ。おらくさんは反省しているのですもの、別に新之丞さんと間違いを起こした訳ではございませんでしょ」

おらくは、小さくなって頷いていた。

「だったら、そうなさいませ。あなたの口から話せないのなら、私たちはいくらでも協力いたします」

「お登勢様……」

おらくはほっとしたのか、表情のなかった頰に、俄《にわ》かに血の色が差してくるのが見受けられた。

おらくは礼を述べて腰を上げたが、ふと思いついたような顔をしてまたそこに腰を落とすと、

「そういえば私、町方のお役人が、あの検校の手下に脅されているのを見たことがございます。出仕《しゅっし》の途中を待ち伏せしていたようでした。町人ばかりでなく、お役人まで被害に遭っているのです」

と言ったのである。

「おらく、その役人の名は存ぜぬか」

「お名でございますか」

「そうだ。南町か北町かだけでも分かればありがたいが」

「さあそれは、私には……でもお名は、手下が『野田の旦那』とか呼んでいたよ

うな気がします」

「野田」

「はい」

野田は、秀吉をお縄にした南町の役人の名であった。

おらくが去ると、お登勢が言った。

「十四郎様、念のため、一度野田某というお役人、当たってみていただけないでしょうか。おらくさんの記憶が確かなら、お役人は借金を盾に検校に脅されて、秀吉さんをお縄にしたとも考えられます」

「うむ」

――お登勢の推測はあたっているやもしれぬ。

「では、暫時」

十四郎は腰を上げた。

「十四郎……」

だがその時、金五が頬を紅潮させて入ってきた。

「おい、城市なる男は検校だと言っているが、嘘っぱちだ。検校などではなかったぞ」

「まことか」

「江戸の検校を差配する惣録検校《そうろくけんぎょう》が吐いたのだ。間違いない。城市は座頭金で儲けた金を惣録検校に上納していた。それで惣録検校は黙認していたらしいのだ。俺は寺社奉行の名をちらつかせて、少々脅してやったんだ。真実を述べればお前の罪は不問に付すが、でなければ相応の裁断が下るだろうとな。それで吐いた」

「やはりな」

「で、城市の素性だが、深川の材木商『三国屋《みくに》』の次男坊で、名は七之助《しちのすけ》。次男坊といっても三国屋の妾の子だ。十年前、七之助は喧嘩の末に相手に大怪我を負わせて江戸追放になっていた。三国屋はその時、勘当《かんどう》届を出していて、七之助とは縁を切っている。ところが一年前にひそかに江戸に舞い戻った七之助は、先代が亡くなって跡取りとなっている今の三国屋の主——この男は七之助にとっては義理の兄になる訳だが、その兄を脅して三国屋との縁切り料だと言って三百両を出させていた。その金を元手にして検校を装い金貸しを始めたようだ。むろん、金貸しをするためには、そんなはした金では間に合わぬ。そこで、竹蔵のような人間を騙して仲介に立て、小金を持っている者たちから、儲け話があるともちかけて金を集めていたようだ。まっ、俺が調べたところは、そんなところかな」

久しぶりに外を回って調べをしてきた金五は、胸を張った。

「これで傍証は揃いましたね、近藤様」

お登勢がきりりとした目で言った。

「うむ。検校を騙《かた》って座頭金と称し、暴利を貪《むさぼ》っていた件については、これで間違いなく捕縛できる。で、十四郎、そっちはどうだ。竹蔵殺しだが、何か分かったか」

「今一つ、確かめに参るところだ」

五

お登勢は、一刻《いっとき》（二時間）後、南茅場町の大番屋を訪ねていた。

十四郎が出かけてまもなく、大番屋の役人から、秀吉が風邪で寝込んでいる、暖かい衣類の差し入れを許すから持ってくるようにと使いがきた。

お登勢はすぐに、昨日から長屋に帰って秀吉の帰りを待っているお初に連絡したのだが、お初は、赤子の文吉が熱を出していて手が放せないからと、綿入れの半纏《はんてん》を隣人に頼んで橘屋に届けてきた。

　そこでお登勢が、お初にかわって半纏を持参したのであった。

「秀吉さん……」

　お登勢は、大番屋の板の間に寝かされて、荒い息を吐き続けている秀吉の顔を覗いて呼びかけた。

　熱のせいか、顔がずいぶん赤いと思った。

「あの、お医者には診ていただいたのでしょうか。もしお許しいただけるようでしたら、私どもでお医者を手配したいと存じますが」

　お登勢は、番屋の奥に案内してくれた役人に聞いてみた。

「医者には診せました。その医者から暖かくした方がよいと言われましてな……」

　役人は秀吉の顔を覗きこみながら、いかにも気の毒そうな顔をしてみせた。

「あの、秀吉さんは、罪を認めたのでしょうか」

「いや、ずっと白《しら》を切っていますよ」

「では小伝馬町送りはないと……」

「いや、風邪が治れば送られるのではないでしょうか。いつまでもここにという訳にはいかないのですから」

「証拠はあがったのでしょうか」

「さあ……詳しいことは」

役人は歯切れが悪かった。お登勢に尋ねられるのを避けるように部屋を出ていった。

「橘屋の女将さんでございやすか……」

秀吉が目を開けて見上げていた。

「ええ……お初さんから頼まれましてね。綿入れを持ってきました。これで、体を暖かくしていればすぐによくなります。さあ……」

お登勢は半纏を広げて秀吉の体にかけた。

「縫い上げたばかりですって、この半纏。秀吉さんが帰ってくる日を待って、お初さん縫っていたようですよ。お初さんの気持ち、分かってあげて下さい」

「お初が……」

「ええ」

「お初、すまねえ……女将さん、あいつにそう伝えて下さいまし。俺が悪かったと」

「ええ、きっと伝えますとも」

「俺はずっとここに来てから、お初とガキのことばかりを考えておりやした。なぜ殴っちまったのかって後悔してます。あいつは……あいつは、俺には過ぎた女房です」

「ええ」

「やってもいねえ殺しの罪で、あっしは死罪になるかもしれやせんが、女将さん、あいつに伝えていただけやせんでしょうか。ガキが大きくなった時、あっしは無罪だったのだと胸を張って言ってくれって……あの世で、お初と文吉の幸せを祈ってるって……」

「馬鹿なことを……。秀吉さん、諦めてはいけませんよ。十四郎様も調べて下さってますし、無罪の証拠が摑めれば、あなたはすぐに放免されます。ですから、よく養生して、早く元気になって下さい。いいですね」

「女将さん……」

秀吉は、突然小さい声でお登勢を呼んだ。役人のいる表の部屋を気にしているようだった。

「なんです」

お登勢も小さな声で聞く。

「実はあっしが竹蔵を訪ねた時、竹蔵は死んでいたんです」

「……」

「お役人にもそのように言ったのですが、取り合ってもらえませんでした」

「では、口論をしていたというのは、秀吉さんではなかったのですね」

「違います。長屋の連中はあっしだと言ったそうですが、誰かと勘違いしているのだと思いやす。あっしが行った時には、竹蔵の息は切れていやした。で、女将さん、その時竹蔵の奴は、妙な物を握っていたんでさ」

「妙な物……」

秀吉は、ちらっと表を窺うと、すばやく髷《まげ》の中に指を差し込み、何かを摑み出してお登勢の掌に載せた。

「これは……」

根付《ねつけ》だった。

鼈甲《べっこう》に彫った精巧な般若《はんにゃ》の面だった。根付の紐は切断されていた。引っ張ってちぎれたのだと思われた。

「ひょっとして証拠になるかもしれねえと思っていたのですが、役人に渡してそれっきりになってはいけねえ、そう考えて隠していやした」

「お預かりしてもよろしいのですね」

「へい。よろしくお願い致しやす」

お登勢は、充血した目で見詰めてきた秀吉に頷くと、根付を握り締めて立ち上がった。


城市の屋敷内は、異常な緊張感に包まれていた。

行灯《あんどん》の灯の中に、旅支度をした城市が座り、城市の両側に旅支度の男が一人ずつ座っている。

城市の右手に座っているのは、三十半ばの赤銅《しゃくどう》色の顔をした骨太の男で、城市の左手に座っているのは、まだ年若く二十歳そこその色の白い男だった。

ただし、若い男には冷酷非情なものがありありと見え、他に五人、城市の前にずらりと膝を揃えて座っているが、いずれの男よりも残忍な雰囲気を持っていた。

「まもなく夜が明ける。七ツ（午前四時）の鐘を合図に出立《しゅったつ》するが、俺のいない間に問題を起こすんじゃねえ。掟破りは必ず成敗する。いいな」

城市の声は、見かけによらず高音だった。静かな語り口だったが、かえってそれが不気味に聞こえる。

赤銅色の男が口を添えた。

「親分がここに戻られるまで一か月はある。その間は座頭金にはいっさい手を触れるんじゃねえぞ。これは惣録検校様からのお言葉だ。親分が京から検校の、いや、座頭の資格を頂いて帰ってくれば、怖いものなしだからな。正々堂々と座頭金で金儲けができる。そのこと、くれぐれも言っておくぞ」

赤銅色は、膝を揃えている手下の五人一人ひとりを、厳しく見据えるようにして言った。

五人が声を揃えて返事をすると、城市が片方の色の白い若い男に顎をしゃくって合図した。

若い男は頷くと、膝横に置いてあった白木の盆を膝前に滑らせると、盆にかけてあった白い布を取った。

盆の上には、黄金色の小判が無造作《むぞうさ》に載っていた。

若い男は五両ずつ数えて摑み上げ、五人の男たちのそれぞれの膝前に置いた。

「博打もそこそこにするんだぜ。つまらねえことで足がついたら元も子もねえ。もしもの時には、南町の野田の旦那に相談しろ。いいな」

「へい、分かっておりやす」

五人のうちの一人が首を竦《すく》めてにやりとして言った時、しじまに、七ツの鐘の音が聞こえてきた。

城市がすっくと立った。

「行ってくる」

まもなく、隅田川沿いに歯切れのよい草鞋《わらじ》の足音が聞こえてきた。

辺りはまだ薄暗く、朝霧に墨が溶けているような按配である。

地を打つ草鞋の足音の影は三つで、城市と手下の赤銅色の男と若い男の二人だった。

三人は駒留橋《こまとめ》を渡ると右に折れ、両国橋に向かったが、橋の袂でぎょっとして立ち止まった。

「誰だ……なんだ、野田の旦那じゃないですか」

袂に現れたのが南町の同心野田だと知って、一同はほっとしたのか、苦笑してみせた。

野田は返事もせずに突っ立っている。

「旦那、留守の間のことは頼みましたぜ」

赤銅色の男が言った。

「それはどうかな。引き受けかねる」

野田の後ろから現れた男が言った。

「てめえは」

「塙十四郎。橘屋の用心棒だ」

「橘屋だと。そうか、お前はあのおきんの」

「竹蔵殺しを調べていた者だ。城市、いや、三国屋の七之助。この野田さんが白状したぞ、なにもかも」

「なんだと」

「お前が偽検校を名乗って座頭金で暴利を貪《むさぼ》ってきたことも、お前に騙されて金集めをし、騙されたと知って金の返済を要求した竹蔵を殺したばかりか、その罪を、ここにいる野田の旦那を使って秀吉に被《かぶ》せようとしたことも……すべてだ」

「親分」

手下二人が、道中差《どうちゆうざし》を引き抜いて、後ろに控えている城市を振り返った。

墨色の霧が刻一刻と晴れ、薄笑いを浮かべている城市の顔が、はっきりと見えてきた。

「待て」というように城市は手下を制すると、平然と言った。

「旦那……野田の旦那に騙されやしたね。竹蔵を殺し、秀吉とやらに罪を着せようとしたのは、すべて野田の旦那ですぜ」

「城市、貴様」

野田が怒りにまかせて、刀の柄《つか》に手をかけた。

「待て！」

十四郎は、野田を制すると、

「城市、証拠があるのだ。お前が竹蔵を殺したという証拠がな」

「何」

「竹蔵は、根付を握って死んでいたのだ。その根付だが、お前が神田《かんだ》の根付師与《よ》左衛門《ざえもん》に作らせた物らしいな。与左衛門が言っていたぞ。薬籠《やくろう》につける根付だったと。野田の旦那はお前に借金があった。お内儀が病気になって三両借りた。ところが利子が利子を生んで六両になっていた。お前が野田の旦那を脅して秀吉をしょっぴかせたのは明白だ」

城市は冷ややかに笑っていたが、振り分け荷物をほうり捨てると、

「やっておしまい」

杖に仕込んだ長刀を引き抜いた。

同時に赤銅色の男が斬りつけてきた。刀は十四郎の脇腹を走り抜けたが、十四郎は足を踏み替えてこれを躱《かわ》すと、男の手首を摑んでねじ上げた。

「斬れるかな、俺が」

突き放すと、赤銅色の男はたたらを踏んで、ようやく止まった。

色白の若い男は、匕首を右手に左手にと、お手玉のように持ち替えながら、十四郎の左手に回った途端、声も上げずに突っ込んできた。

十四郎が軽く跳んでやり過ごすと、男はすぐに反転して、もう一度突っ込んできた。

十四郎は鞘《さや》半分を帯から引き抜くと、柄頭《つかがしら》をぐいと上げて、刀の鍔《つば》でこれを受け止め、踏み込んできた男の足を払った。

だが男は、すばやく飛び退くと、また匕首を右手に左手にと持ち替えながら、背を丸めて再び十四郎の左手に回っていく。

青白いほどに見える男の白い顔に、冷笑が浮かんでいた。

十四郎がその男に体を僅かに向けた時、体勢を整えた赤銅色の男が、捨て身で十四郎めがけて突っ込んできた。

十四郎の刀が鞘走《さやばし》った時、赤銅色の男の手がふっ飛んだ。男はその手首を抱えて蹲《うずくま》った。

十四郎の左手には色白の若い男が、右手には長刀を構えた城市がいた。

体を僅かに引いて、視界に二人の姿をしっかり捉えた時、色白の若い男が走ってきた。

十四郎は今度は容赦なく、色白の若い男の刃を撥《は》ね上げ、飛び去ろうとした男の足を薙《な》いだ。

手応えがあった。色白の若い男は着地した途端に転倒し、足を抱きかかえてまる虫のように転がって苦しげな声をあげた。

「野田の旦那、二人に縄を打つのだ」

十四郎が呆然として立ち尽くしていた野田を叱ると、野田は慌てて若い男に襲いかかった。

刹那《せつな》、城市が踏み込んできた。

一閃《せん》一合《ごう》して、再び襲いかかってきた城市の長刀を十四郎は撥ね上げ、その刃を城市の喉元に突きつけた。

朝霧がいつの間にか消え、東の空が俄かに明るくなっていた。

十四郎は城市を見下ろして、静かに言った。

「まもなく捕り方が参る。神妙に致せ」


秀吉は、その日のうちに帰されてきた。

南町同心の野田は、秀吉に縄をかけた自らの罪を告白して、致仕《ちし》願いを提出した。


だが奉行所は、野田は悔悟《かいご》の上、城市を捕縛した手柄もあるとして、一か月の謹慎と他行禁止を命じたのである。

野田の処遇については、橋屋のお登勢や金五らの情状酌量の要請があり、それが功を奏したのは言うまでもない。

それは、下級武士の窮状を知っている十四郎の心配りであった。

「十四郎様、ほら、あそこに……」

お登勢が指差した神田川沿いの河岸で、船から煙が上がっていた。

「やってるな」

十四郎は柳原土手の木の下で、両袖に腕を入れて前方を見た。

お初が河岸に置いた樽に腰を据えて、三味線を弾いている。秀吉は……と捜していると、ひょいとその背中が見えた。

秀吉は、文吉を背負って、川から桶に水を汲んでは風呂桶に運んでいた。

「あれから秀吉さん、お初、お初ってうるさいほどご機嫌取りをするらしくって、お初さんの言うことはなんでも聞くんですって」

お登勢の声は心なしか弾んでいた。袖を口元にあてるとくすりと笑った。所作にも声にも艶があった。久しぶりにお登勢の明るい顔を十四郎は見たと思った。常にきりりとして、橋屋の主として背筋を伸ばしているお登勢だからこそ、いっそう艶にも色にも華がある。

――ふむ。

お登勢も女なのだと、改めて思う十四郎であった。

お登勢は野江が新天地に赴《おもむ》くと聞いて、ほっとしているのかもしれない。

だがそう思う十四郎も、野江の落ち着き先が決まって、肩の荷が下りた気分であった。

野江がその報告に橋屋を訪れたのは今朝のこと。母方の叔父がいる西国《さいごく》の藩の奥向きの女中として請われ、近々江戸を引き払うのだと言ったのである。

「この江戸にいるより心も晴れると存じまして……。皆様には本当にお世話になりました。向こうに着きましたら、近況をお知らせ致します」

野江は、かつての許婚である江口鉄之助《えぐちてつのすけ》への思いを断ち切ろうとしているように見えた。だが、その声は晴れやかだった。

――どの道を行くにしろ、野江殿が幸せになってくれればいい。

と、十四郎は思っている。

だが十四郎は、野江とお登勢が交わした女同士の話については知る由《よし》もない。

野江は、その時、お登勢にこう言ったのである。

「お登勢様、わたくし、十四郎様に救っていただいた命を大切にして生きてみたいと存じております。江口鉄之助様を忘れることはできないと存じますが、今日の野江は昨日の野江とは違うのだと、そう思って生きていかなくてはと思っております」

野江の気持ちは、夫を亡くしているお登勢にはしみじみと理解できた。しかし、だからといって江戸を離れることはないだろうとお登勢は思った。

野江は十四郎の許嫁だった雪乃と面差しがそっくりだと聞いている。それがために、十四郎はひとかたならぬ援助を野江にしてきたのである。

月日が野江の気持ちを和《やわ》らげてくれた時、その時には、ひょっとして十四郎は野江を妻に望むのではないかと、お登勢は内心考えていた。

また、野江も十四郎を心から慕っていることは、女のお登勢だからこそ分かる。

「この江戸で、お気持ちを癒《いや》されてもよろしいのではございませんか」

お登勢は言った。すると野江は、

「江戸にいては、十四郎様にご負担をおかけします」

「十四郎様はけっして負担だなどと考えてはいないと存じますよ」

「私がお亡くなりになった許嫁のお方に似ているからでございましょうか。雪乃様とお伺いしていますが、お登勢様、雪乃様は雪乃様、野江は野江でございます」

「野江様」

「雪乃様の影を背負って、これ以上お世話をおかけすることは、私の気持ちが許しません。それに……」

「それに？」

「お登勢様、十四郎様の胸にしっかりと今あるのはお登勢様、あなたの姿でございます」

野江は、じっと見た。

「野江様」

お登勢もじっと見返した。

「十四郎様をお幸せにできるのは、雪乃様の残像でも、その人に似ているかもしれない私でもありません。お登勢様です」

「野江様……」

「お二人のお幸せを祈っております」

野江はそう言うと、すがすがしい笑顔をお登勢に見せたのであった。


「旦那、いろいろとありがとうございました」

考えに耽っていたお登勢の背後で声がした。振り向くと老婆が立っていた。

「おきん婆さん……腰の痛みはもうとれたのか」

十四郎が笑みを向けた。

「はい、もうこの通りです」

おきんは腰をくりっくりっと振ってみせた。だがすぐに真顔になって、

「旦那のお陰でございますよ。竹蔵の敵が討てたのは……」

しんみりと涙ぐむ。

「あんまり酒を飲むんじゃないぞ。あの世で竹蔵が心配する」

「でも旦那、あたしも生きてく楽しみができたんですよ。酒はまあ、ほどほどに致しますよ」

「ほう、それは良かった」

「秀吉さんを竹蔵と思ってさ」

おきんは秀吉の風呂屋船を顎で指した。

「ふむ、秀吉をな」

「はい。今日から風呂屋船を手伝います」

「婆さんが……そうか、文吉のお守りをするのか」

「いえいえ、昔とった杵柄《きねづか》ですよ、旦那。小町と呼ばれていた頃、あたしゃ、踊りの名人だって言われていたんですから」

「何、婆さんが踊る？……踊って客寄せをするというのか」

十四郎は吹き出した。

お登勢も笑いを堪《こら》えて、おきんを見た。

「ふん」

おきんは気を悪くしたようだった。

おきんは、腰の後ろで手を組み、ひょこひょこと頭を振って土手を下ると、白い湯気の立つ風呂屋船めがけて歩いていった。

第二話　蕗《ふき》味噌

一

「塙殿、いかがですかな」

源内《げんない》は金壺眼《かなつぼまなこ》で、十四郎の顔を覗き込むようにして、じっと見た。

「ふむ……」

十四郎は、源内に教えられた通りに味噌を舌に載せ、口の中に広がっていく蕗のほろ苦さを味わっているところであった。

「ふあーっと広がりましたか」

「ふむ……確かに」

「で、そこで、酒をちびりとやる」

源内は言いながら、十四郎の盃に酒を注いで、掌を向けて、どうぞどうぞと言うように酒を勧める。

十四郎は盃を取り上げて、酒を一口、ちびりと流し込んだ。

「なるほど……」

口の中に流した酒が、蕗味噌の旨味をいっそう引き出して、えもいわれぬ香りと苦みを十四郎は味わった。

源内は、十四郎の納得した顔を確かめて満足そうに体を起こすと、ざくろ鼻をひくひくさせて微笑んだ。

「江戸広しといえども、ここの蕗味噌が一番です」

源内は胸を張った。

蕗味噌とは、蕗の薹《とう》を丹念に擂《す》りつぶして味噌とよく混ぜ、適度に砂糖と味醂《みりん》を加えて作る、春先ならではの旬の味覚。十四郎も幼い頃、母と若菜摘みをした時に、蕗の薹を指の先で掬《すく》うようにして手折《たお》った思い出がある。

長じてはもっぱら食膳で、蕗味噌や蕗の天ぷらを口にしたもので、懐かしい味がした。

「私は『蕗味噌源内』と人にも言われるほど蕗好きでしてな」

「ほう、蕗味噌源内ですか」

「はい。若菜が出る頃になると、この店には毎日……いや、いの一番に、他の誰よりも私が先に頂きに参ります」

源内は店内を見渡した。

店は両国橋の東詰にある小料理屋『小梅《こうめ》』という。

小料理屋といっても飲み屋に毛の生えたような店で、床几《しょうぎ》もあれば衝立《ついたて》で仕切った座敷もあって、客も皆おとなしく料理を味わって酒を飲んで帰るといった店だった。

十四郎は十日前に、初めてこの店にふらりと入った。

魚が新鮮で料理の味もよく、酒の種類も多かったことから、いっぺんで気に入った。

以来、店に来たのが今日で三度目。十日の間に三度も来た訳だから、十四郎も相当気に入っている訳だが、来るたびに目の窪んだざくろ鼻の武家が来ているなと思っていたら、十四郎が蕗味噌を注文すると、男は親しそうに近づいてきて、蕗味噌のうんちくを述べ始めたというところだ。

男は源内と名乗り、用人《ようにん》だと言った。いずこの屋敷の用人かは言わなかったが、身なりからそれは分かった。

だから、十四郎も浪人とだけ告げた。

酒を飲むのに、用人も浪人も関係ない。早い話が酒友だち、それだけで良かった。

蕗味噌は、女将に勧められてたまたま頼んだものだが、源内の言う通り、小梅の蕗味噌はうまかった。

「蕗味噌をいただくために生きているようなものですよ、私は。今年の蕗味噌が終われば、来年の蕗味噌を食べるまでじっと待つ。来年蕗味噌を食べたら、また次の年の春を待つ。梅は春の訪れを告げる花といわれていますが、蕗だってそうです。春告げる野草です」

「おっしゃる通りです」

「それに……」

源内は、蕗味噌を舌に載せて、

「蕗味噌は、女房の味がすると思いませんか」

「女房殿の……」

「さよう。程のよい苦みがござる」

「なるほど」

十四郎は笑った。

しかし源内は、急に真面目な顔をつくると、

「手前は女房を亡くしましてな、五年前ですが。亡くなった女房は蕗味噌を作るのがうまかったのです」

「ああ、それで」

「蕗味噌をいただく頃になりますと、女房を思い出します」

源内は言い、盃を空けた。骨々しく背の低い男だが、窪んだ目とざくろ鼻ばかりが目立つ男だった。

「あの頃は私も若かったですからな。後から考えると女房は私が殺したようなものです」

源内は哀しげな顔をして深い溜め息をついた。何か深い事情があるようだった。

源内は盃の酒を見詰めて、しばらく感慨に耽っていたが、ふと十四郎の存在に気づいたように苦笑した。

「早晩、夫に殺されるのではないかと、そんな気が致しまして……」

慶光寺に駆け込んできた武家の妻女は、のっけから恐ろしい言葉を並べたてた。

昨晩源内の話を聞いたばかりで、十四郎はなにごとかと驚いて妻女を見た。

妻女の名は喜野《きの》、二百石の旗本山崎与五郎《やまさきよごろう》の妻だという。

「物騒《ぶっそう》な話でございますね、なぜ殺されるなどと思われるのでしょうか」

「わたくしが邪魔なのです。わたくしがいなくなれば、山崎の家はあの人のものになります。いえ、あの人が長年囲ってきた女の人のものになるのです」

「すると、ご主人はご養子さんですか」

「はい」

喜野は顎を引いてきっとした目で頷くと、ここに至った仔細《しさい》を述べた。

喜野は妹の未緒《みお》と二人姉妹だった。喜野が婿養子を迎え、未緒は他家に嫁いだのである。

妹は婚家で男ばかり三人子を授かったが、喜野には子ができないまま、既に二十年が経っている。

母は姉妹が幼い頃に亡くなっていたが、父は三年前まで生存していて、その父が死ぬ間際に、未緒の次男を山崎家の養子に迎えるように遺言したのだという。

ところが、父が死ぬとすぐに、与五郎には妾がいることが分かった。

しかも、その妾には与五郎の子が一人、それも男子がいるということで、与五郎は山崎家をその子に継がせたいと言い出したのである。

父が遺言した時、傍で父の言葉を聞いたのは喜野と未緒だけであったことから、与五郎は父の遺言を信用せず、以後ずっとなにかにつけて夫婦は争ってきた。未緒の舅《しゅうと》が仲裁に入ろうとしたこともあったが、与五郎は頑《がん》として聞く耳を持たなかった。

しばらくおさまったかのように思っていたら、突然十八になる男子を連れてきて、一月先には正式に養子としてお披露目をするのだと言ったのである。

喜野が仰天しているまもなく、男子はたびたび家に現れて小遣いを与五郎にせびる始末。喜野が出入りを禁止するようなことを言おうものなら、男子は刀に手をやって睨み据え、今にも斬りかかりそうな気配を見せるのであった。

言葉や行儀や素行の悪さは養育がよくなかったものなのか、まるでやくざのようだと喜野は思った。

「仙太郎《せんたろう》というのですが、近頃では仙太郎の母親も大きな顔をして出入り致しております。父が生きておりましたら、こんな目に遭わずに済んだのではと考えますと、返す返すも口惜しく……」

喜野は怒りを抑え切れなくなったのか、袖口から襦袢《じゅばん》の袖を引き出すと、溢《あふ》れてくる涙を拭いた。

「喜野様。そういうことでしたら、お任せ下さいませ。お引き受けした以上は、きっぱりと縁を切ってさしあげます」

お登勢は言い、厳しい顔を十四郎に向けると頷いた。

「お登勢様」

廊下でお民の声がした。

「表に変なご浪人が一人」

喜野は、はっと顔を上げると、

「ずっと私、誰かに尾《つ》けられているような気がしておりました」

青い顔を向けた。

十四郎は刀を摑んで、急いで橘屋の外に出た。

すると、数軒先をくたびれた袴の裾を翻して去っていく浪人風の姿が見えた。

十四郎が刀を帯に差し、踏み出した途端、その男がこちらを振り返った。男は、慌てて仙台堀《せんだいぼり》の通りに消えた。

二

　山崎与五郎は、顔半分が額かと思われるほど広い額を持っていた。しかも、その額はてらてらと光っていて、対面してみると額ばかりがやけに目立つ男だった。

　この男のどこが良くて喜野は結婚したのだろうと思われるほど、全体に貧相な顔立ちだった。

　敷地五、六百坪はあろうかと思われる屋敷の一室に、山崎は主人然として座り、ねばっこい視線を送りながら十四郎とお登勢の話を聞いていたが、やがて冷ややかな笑みを浮かべると、

「まさか慶光寺に駆け込んでいたとはな。で、お手前たちは喜野の訴えを信じている訳だ」

　人を食ったような言い方をした。

「殺すの殺されるのと大袈裟な……亡くなった親父殿が甘やかして育てたのか、いまだにわがまま気ままなところがござってな、些細なことでも騒ぎすぎるきら

いがあるのだ」

「では、奥方のおっしゃっていることは、嘘っぱちだと、つまり、そういうことでございますか」

「ふっ……」

山崎は苦笑を嚙み殺すような表情を見せた。

「たとえわがまま気ままの奥方であろうとも、思案に余って寺に駆け込んだ妻の気持ちを、お笑いになるのでございますか」

お登勢がきっとした顔で言った。

「そら、それだ。そのように女どもは、なにごとにおいても紋切り型だ。わしはそのことを申しておるのだ」

「では、ひとつお尋ねいたします。殿様には外にいい人がいらっしゃる」

「ふむ。否定はせぬが、外に女がいるのは珍しいことではない。まして喜野は子が産めぬ体でござる。お家の存続を考えれば当然のことではないかな」

「こちらのお義父上《ちちうえ》は、いまわの際《きわ》に、喜野様の妹、未緒様のお子を山崎家のご養子にと遺言されたのではございませんか」

「待て、それはわしの知らぬこと。あれが勝手に申しておるのだ」

「証人がおられますでしょう。未緒様ですよ」

「姉妹のことだ。口裏を合わせることは可能だ」

「で、あなた様は、外で産ませたお子の仙太郎様を、腕ずくでも跡取りにしたいと考えていらっしゃる」

「わが子に跡を継がせたいと思うのは人情でござるよ」

「しかし、あなた様は、ご養子ではございませんか」

「何……」

山崎の顔色が変わった。

「それに、仙太郎様も、本当にあなた様のお子かどうか」

「口を慎め、橘屋。捨て置かぬぞ」

「脅しは無用でございますよ、山崎様。町人の橘屋など、なにほどでもない輩とお考えになっているのでございましたら、考えを改められたほうが賢明だと存じますが……」

「無礼な奴」

「慶光寺は先の上様の御側室、万寿院《まんじゅいん》様が主。わたくしたちは町人ではございますが、万寿院様の下で働いている者でございます。そのような言葉、そのまま万寿院様にお伝えしても良いと、そう考えておられるのでございましょうか」

お登勢は旗本を相手にしても、少しも怯《ひる》まなかった。

山崎は絶句したまま、お登勢を睨みつけてきた。

お登勢は構わず畳みかける。

「養父である喜野様のお父上のご遺言をないがしろにして、それであなた様の義が立ちますでしょうか。ご養子ならば、なにがなんでも喜野様のお父上のご遺言を守るべきではありませんか」

「……………」

「仮に……喜野様があなた様の手に余るご性格だとしてもです。嫌ならば離縁は当然でございましょうが、ご養子のあなた様が居座って、喜野様が家を出るなど、許される筈はございません」

「黙れ、黙れ。言わずにおこうと思ったが、橘屋のお登勢とやら。あの女は、不義を働いた女ですぞ」

「不義を……」

「喜野は、我が家の中間《ちゅうげん》と長い間、わしの目を盗んでいいようにやっておったのだ」

「……」

「わしは、それでも許してきたのだ。責められるべきは喜野でござる」

山崎は勝ち誇った顔で睨《ね》めつけてきた。

「山崎殿」

じっと聞いていた十四郎が顔を上げた。

山崎への調べは、十四郎が藤七と二人で当たるつもりでいたのだが、急遽《きゅうきょ》お登勢が直々に会ってみたいと言い出して、それで十四郎と二人でやってきたのであった。

喜野の訴えは、女のお登勢をも怒らせたのだった。

しかし、山崎には中年のいやらしいまでの老獪《ろうかい》さがあった。さすがのお登勢も言葉に窮《きゅう》したようだった。

「奥方が、不義をしたという証拠はおありですかな」

十四郎は厳しい目を向けた。実際、喜野には他の男との間に密やかな交わりがあるなど、少しも見受けられなかったのである。

これは男の勘だが、長いこと橘屋の仕事をしていると、いつのまにか、駆け込んでくる女が纏っているものを、瞬時に見分けることができるようになっていた。

むろん、外れることもあるが、たいがいは当たっていた。

「不義の相手に会わせていただきましょうか」

「おらぬ」

「こちらの中間だと申されましたぞ」

「屋敷を出たのだ。喜野が家を出るとすぐにな」

「どこに行けば会える」

「さあ……」

山崎は首を傾《かし》げた。妻の不義の相手を捜そうという気もないということか。

「山崎殿。そういうことなら、ご貴殿の話、信じる訳には参らぬ」

「なに……ならば、赤井《あかい》という渡り用人に聞いてみろ」

「渡り用人の赤井……」

「さよう。手前の家では、事あって用人が必要な時には渡り用人で済ませておる。ご存じだと思うが、常雇いにするにはいささか手元が不如意《ふにょい》でな」

十四郎とお登勢は、それで山崎家の座敷を立った。

「ご苦労様でございます」

玄関に下りると式台《しきだい》の傍で、飯炊き雑用係の老僕が跪《ひざまず》いて十四郎とお登勢を見送ってくれたのだが、老僕の顔には家の中の騒動を心から心配している表情がありありと見えた。

はたして、門の外まで見送りに出てきた老僕は、

「奥様のことを、よろしくお願い致します」

と言ったのであった。

十四郎とお登勢が門を出て、いくらも歩を進めぬうちに、背後で「親父殿は在宅か」という若い男の声がした。

振り返ると、色の白いひょろっとした男が、同年代の二人の町人を引き連れて門前に立っていた。着流しで腰に二刀を差してはいるものの、だらしなく、崩れた感じのする男だった。

「仙太郎様、少しはお慎み下さいませ」

老僕は、色白の男を仙太郎と呼んだ。

――あれが喜野殿が言っていた山崎の妾の子か……。

老僕が両脇に垂らした手に拳をつくって、一歩も引かぬぞというように、仙太郎の前に立つのが見えた。

すると、仙太郎は後ろでへらへら笑っていた二人をちらっと見遣《みや》ると、

「退《ど》け」

老僕を払いのけて、

「使用人のくせになんだ。俺がこの家の跡取りになった時には、お前なんぞお払い箱にしてやるから、そう思え」

捨て台詞を吐いて、おいっ、と後ろを振り向いて連れの二人を促すと、大股でずんずん門内に入っていった。

「あの子ですね。外に産ませた山崎様のお子というのは」

お登勢が体を寄せてきて言った。

老僕は、仙太郎たちの後ろ姿をじっと睨んで突っ立っていたが、十四郎とお登勢に気づいて頭を下げると、急いで門内に入っていった。

「やっ、これは、塙殿」

長屋の腰高障子を開けて、びっくり眼《まなこ》で出迎えてくれたのは、あの蕗味噌の源内だった。

「渡り用人の赤井殿とは、源内殿のことでござったか」

驚いたのは十四郎の方だった。

山崎から、喜野の不義は渡り用人の赤井という者が知っていると聞いた十四郎は、下谷《したや》の山崎の屋敷を後にしてすぐにお登勢と別れ、人入れ稼業の『桑名屋《くわなや》』に立ち寄った。そこで赤井の家を聞き、この神田松永町《まつながちょう》のえびす長屋にやってきたのだが、まさかという思いでびっくりした。

源内も、なぜ突然十四郎が訪ねてきたのか、鳩が豆鉄砲をくらったような顔をした。

過日、両国橋東詰の小梅で蕗味噌談義をした時には、源内は用人とは言ったが、渡りの用人とは一言も言わなかった。

それだけ源内の体には用人稼業が染みついていたのである。

十四郎が上がり框に腰を据えると、源内は頭の後ろを叩いて、

「いやあ、驚きました。ごらんの通りの長屋暮らしで、私は実は浪人なのです。たまたま口入屋で用人の仕事がありましてな、もう十年になりますが、渡りの用人をやっておる。これが、結構面白い仕事でしてな、めったに知ることのない人の家の様子が分かる、つまりは人の家を覗いて歩く面白い仕事です。そういう訳で、渡り用人の仕事が好きになりまして、今やほかの仕事は致しておらぬのです」

源内はばつの悪そうな顔をした。

あっちの武家屋敷、こっちの武家屋敷と、源内は雇い主が必要な日数だけ、その屋敷に勤めるのだと説明した。

「数日のこともあり、半年一年のこともあります。まっ、正式な家士ではありませんから気楽な稼業です」

「山崎与五郎殿の屋敷にも勤めたことがあると聞いたが」

「あります」

「ふむ……実は、ちとお聞きしたいことがござってな。それで参ったのだが……」

「なんでしょうか」

「奥方の喜野殿のことだ」

十四郎は手短に、喜野が駆け込んできた仔細を告げた。

「奥様が……そうでしたか」

源内は、じっと考えていた。

「で、喜野殿が中間と不義を働いていたと山崎殿は言っている」

「殿様が？」

「源内殿がそれを証明してくれる筈だと」

「まさか……私が知っているのは、奥様はたびたび箱根《はこね》に湯治に参られていたということぐらいでしょうか。その時、中間の力弥《りきや》を連れていかれる。殿様が一度、不義だのなんだのとお叱りになったことがございますが、たまたまその場に私も居たというだけです。奥様が不義をしていることを私が知っているなどと言われても、正直迷惑でござるよ」

「屋敷内で逢い引きをしていて、それを見たとか、そういうことではないのだな」

「奥様は潔癖なお方です。気が勝っているぶん、殿様にもきつい物言いをなさいますが、だからこそご自分の行いについても厳しいお方でした」

「ふむ」

「そもそも、私が拝見したところでは、夫婦仲が悪くなったのも、殿様が外に女を囲ったからではないかと思われます。長い間寝所も別々のようでしたから」

「しかし、その力弥という者が姿を消しておるのだ。それが不義の証《あかし》だというのだが」

「はて……」

源内は首を傾げた。

「力弥はもとは渡り中間でしたが、奥様のお父上が常雇いにしたのだと聞いています。山崎家には恩も義理もある人間です。そのような話、俄かには信じられませんが……」

「山崎殿の話とは、だいぶん違うようだな」

「殿様にしてみれば、奥様は目の上のたんこぶです。ですからなにかと揚げ足をとろうとされるのでしょうが……奥様は本当は気の優しいお方です」

源内は誰かれなしに蕗味噌のうまさを披露する癖があるのだが、喜野にも蕗味噌の話をした。その時、喜野は目に涙を浮かべて聞いていたが、翌日蕗味噌を手ずから作ってくれたのだと言った。

「いや。味はさておき、奥様の心を、ありがたく頂戴した次第でござるよ。私は奥様を信じたいですね。しかしこんな時に力弥はいったい……私が力弥に会って確かめたいぐらいでござるよ」

三

「力弥の行き先など、わたくしに分かる筈もございません」

　喜野は苛立たしげに言った。

「確かに、力弥を連れて湯治には参りましたが、それだけのことでございます。考えてもみて下さいませ。力弥はまだ二十五歳の青年です。私は、まもなく四十。母と子に近い年齢の差があります。夫は、私を貶めるために、そのような話を持ち出しているのでございます」

「不義などなかったと、そう申されるのでございますね。いえ、これは念のためお聞きしているのでございます」

　お登勢は言った。

　相手が奥様と呼ばれる旗本の妻女でも、調べは調べである。万一不義などという事実があれば、橋屋は喜野の訴えを聞くどころか、喜野は不義の罪で制裁を受けることになる。

　慶光寺の万寿院の名のもとに、寺の権限には確固たるものがあり、離縁願いを引き受けた以上は、かならず訴え人である妻の意向を尊重した処置がとられる。反面、もしも、離縁を訴えてきた女の方に非があれば、即刻その女は制裁を受けるという厳しい一面もあった。

「お登勢様……」

喜野は、大きな溜め息を吐いて言った。

「わたくしは正直、哀しい思いでいっぱいなのでございます。二十年前、山崎もわたくしも、今日のような日があるとは思いもよりませんでした。親の決めた婚姻とはいえ、わたくしは山崎を頼もしく思っておりましたし、山崎もわたくしのことを憎からぬ思いで見詰めていてくれたと思っております。それが……」

喜野は、突然涙にむせた。

「喜野様……」

「屋敷におりました時には、日々、夫への憎々しさが募りまして、口を利くのも嫌でございました。でも、こうしてこちらに駆け込んで参りまして、つらつら考えますと、二人の間がどうしてこうまで拗《こじ》れてしまったのかと……むろん、実際には、山崎が外につくった女のことが原因でございますが、二人がこうなる要因は、もっと以前からあったのかと考えております」

「よろしければお聞かせ下さいませ、喜野様」

「実は、わたくし、今の夫は二度目の夫でございます」

「何……再縁でござったのか」

「はい。それに山崎も……山崎の方には許嫁がいたのでございます。つまり、夫を亡くしたわたくしと、許嫁を亡くした山崎と、二人は最初から、昔、この人こそと思った方がいたのでございます」

思わず十四郎はお登勢を見ていた。

お登勢も十四郎に視線を送ってきていて、目が合った二人は瞬きをして、また視線を喜野に向けてごまかしたが、夫を亡くした喜野と、許嫁を亡くした山崎与五郎という二人の境遇が、一瞬だが、十四郎とお登勢の関係と重なったような錯覚にとらわれたのである。

「恥を忍んで申しますが……」

と、喜野は断りを入れて、話を続けた。

山崎と喜野は、最初の一年あまりは、互いの昔のことはおくびにも出さずに瞬く間に過ぎた。欠けていた心の片隅を癒《いや》してくれた相手を慕い合う気持ちがまずあったのだ。

ところが、二年、三年と経つうちに、相手の性格や癖や、些細なことが気に障《さわ》るようになると、あの人ならばこうはしなかった、こうは言わなかったというように、心の中で前夫と今の夫を比べるようになっていた。

意識せずとも、些細な気障りがあるたびに、胸の中に亡くなった人の存在の大きさが見えてくるのであった。

喜野は、前夫とはわずか一年で死別している。

亡くなった者は年数を重ねるごとに美化されて、自分にとって最善の人として立ち上がってくる。

ある日、母の墓参りに行くために、喜野が着物を選んでいた時のこと、

「早くしなさい。父上が待っておられる」

山崎は、いらいらと喜野に言ったが、すぐその後で、まじまじと何かを思い出すように喜野を見て、

「喜野は腿肉があるほうだからな」

ふっと笑ったのである。馬鹿にしたような笑いだった。

夫婦の部屋での、たわいもない話だったかもしれないが、喜野には心穏やかに聞き流すことはできなかった。

どちらかというと肉づきの少ないほうだと喜野自身も思っていたし、人にもそう言われてきた。同じ年代のよその女性を見る限り、そう思うのが自然だった。

しかし夫は、全く違う表現をしてみせたのである。

「だからどれを着ても同じだと、あなたはそう申されるのでございますね」

喜野はきっと見た。夫につっかかるような物言いをしたのは、これが初めてだった。

夫は明らかに、昔の人の幻影と自分を比べているのではないかと思ったからである。

慈《いつく》しみあってきた寝屋の中で、夫は昔の人と引き比べながら自分を抱いていたのかと思うとぞっとした。嫌悪感が喜野の体を走り抜けた。

喜野は夫には内緒で、夫の昔の女性がどのような人だったのか、聞いている。格別目立つような人ではなく、ごく普通の人だったと、これは喜野の耳に入ってきたその人の評だった。

しかし、他の人がどのように評しようとも、夫は亡くなった人を理想の女として日々その気持ちを増幅させていたのだと喜野は思った。

女が一番傷つくのは、容姿や体格を悪《あ》しく評された時である。冗談だと後で弁明されても、けっして受けた傷が癒されるものではない。

辛口の冗談が冗談として通用するのは、相手がだれよりも自分を愛しいと思っていてくれているという確かなものがこちらになければ、冗談は冗談として受けとれないのである。

事実、前の夫も喜野をからかったことがあったが、それを愛情だと受けとめられたのは、前の夫には喜野が初めての女性だったという事実がまず前提にあったからだ。からかわれても、自分が相手にとって一番愛しい存在だという確証があったからこそ、こちらも傷つくこともなく甘えて睨んで、それで済んだのである。

山崎とのやりとりでは、そうはいかなかった。

喜野はこの時、山崎の思いやりのなさに絶句した。前の夫と比べなくとも、人としてなんと無神経な人間だろうと思ったのである。

「今思えば、わたくしが夫を憎く思い始めたのは、その頃からではなかったかと……」

喜野は、さすがに恥ずかしそうな顔をした。

「ふむ、難しいものですな」

十四郎は腕を組んだが、お登勢はいちいち頷《うなず》いている。

こういう話になると、男の十四郎には理解できないところがある。

「すると、山崎殿が外に女を囲ったのは、その頃からのことですな」

「わたくしはそのように思っていたのですが、それですと仙太郎の年が……仙太郎は今年で十八、勘定が合いませぬ。ですから、あの人はもっと前から囲っていたということになります」

「男の方は一般に、昔を断ち切ることはなかなかできないように思います。これは山崎様だけのことではなくて、皆さまそうです。以前にこういうこともありました。男の方は死に別れ、女の方は初婚の事例でしたが、夫が先妻の呪縛《じゅばく》から離れられないことが分かったと申されまして駆け込みをしてきた方がございました。これが逆ですと、けっこううまくいくのですが。女は後ろを振り向きませんもの……」

お登勢は、しみじみと言った。

喜野もその言葉で納得したのか、頷いていたが、

「子が出来なかったのは、そういうことです。そのことは私も仕方のないことだと諦めておりました。子が出来なければ、その時は妹の子をと父も私も決めておりましたから。妹の子であれば、血脈《けつみやく》は保たれる訳ですから……。でも、山崎

が外につくった子ですと、家の血筋とは無縁でございます。女を外に囲うことは許せても、そのことだけは許す訳にはまいらないのです」

十四郎は、組んでいた腕を解いて、

「喜野殿。仙太郎というお子だが、山崎殿のお子に間違いないかどうか、確かめられましたかな」

「確かめるも何も、山崎は、おたきという女の人を連れてきて、この女との間に出来た子だとはっきりと……私は、あのおたきという人に夫はせっつかれて言い出したことではないかと思っています」

喜野は眉を顰《ひそ》めた。おたきという女に嫌悪感を抱いているのが、ありありと見えた。

武士の家は、継承する子息がいなければ断絶《だんぜつ》となる。

だから家に子の生まれなかった者はよそから養子を迎える訳で、妻もそれを受け入れている。

だが今回の場合は、そう単純には割り切れない事情がある。

御定法《ごじょうほう》では、血族に養子にする者がいない場合に限って他家からの養子が認められている筈で、山崎与五郎は自身が養子である。

山崎家の血筋を絶やさないという観点に立てば答えは明白で、喜野の妹の子を養子にするのが筋というものであり、山崎は何を血迷っているのかと思う。夫婦の不仲がなくても、喜野の言うことが正論だった。だからこそ、山崎は喜野の立場を不利にしようとして、不義をしたなどと言ったのではないか。

「塙様」

思案に耽っていた十四郎を喜野が呼んだ。

「そういえば力弥ですが、私が箱根へ湯治に参ります宿の近くの村に母親がおりましてね。その母親が一人暮らしをしていると聞きまして、箱根に供をさせた時には、私、母親の顔を見てくるように数日暇を出しておりました。ひょっとして、母親のところに帰っているのではないでしょうか」

「古い話になりますが……」

京菓子屋『嵯峨屋《さが》』の主彦四郎《ひこしろう》は、苦々しい顔を十四郎に向けた。

山崎の妾おたきを探っていたところ、おたきは山崎の妾になる前には阿部川《あべかわ》町《ちょう》にある京菓子店嵯峨屋の主の囲い者だったということが判明した。

そこで早速その嵯峨屋を訪ねてきたのだが、主はすぐに十四郎を店の奥の小座敷に案内すると声を潜めて、本当は、思い出したくもない女ですよ、と言ったのである。

彦四郎は三十七、八かと思われるから、かつておたきを囲ったのは彦四郎の父親だと察しがついた。

「父御の囲い者だった訳ですな」

「はい。二十年前に父親が仲町《なかちょう》の女郎だったおたきを身請けしたのでございますよ。まったく親父は、死ぬまで女道楽がやめられない人でした。しかし、あの女には、さすがの親父も手痛い目に遭わされましてな」

彦四郎は溜め息をつくと、小座敷の内庭に目を遣った。

十四郎たちが座す小座敷の内庭には、半坪ほどの池が設《しつら》えてあり、池のほとりには三尺ばかりの紅葉の木が植わっているが、その紅葉の葉が芽吹き始めて、天窓から射し込むやわらかい光を受けていた。

彦四郎は、内庭から十四郎に目を戻すと、眉間に険しい皺をよせて、言葉を継いだ。

「親父の囲い者になっても次々と男を引き入れて、親父が烈火のごとく怒ったことがありますが、あの女は親父にこう言ったのでございますよ。『女一人満足させられなくて、それで男と言えるのかい』ってね。まだ私は二十歳前でしたが、私のいる前で言ったんですよ、あの女は。当時親父は五十も半ばでした。おたきは二十四、五でしたでしょうか。親父はその時、私が見たこともないような悔しそうな顔をして震えてました。まもなくでしたな。おたきが手切金をよこせと親父を脅してきたのは……」

「身請けしてもらった身で、手切金を？」

「腹に子が出来たとかいう話でしたが、その子を始末するための金が欲しいと」

「何……おたきは子を孕《はら》んでいたのか」

「旦那、嘘っぱちに決まってるでしょう」

　彦四郎はせせら笑った。

「いや、十八になる男子がいるのだ、おたきには」

　いえいえ……と、彦四郎は手を振って、

「親父は体が悪くて、あちらの方は駄目だったのでございますよ。だからおたきに、あれだけの悪態をつかれてもなんにも言えなかったのでございます。それにね、その時もしもですよ、親父の子を孕んでいたなら、手切金三十両では承知しなかったと思いますよ」

「三十両も渡したのか、親父殿は」

「そのようです。女郎をしていればこの先の身過ぎ世過ぎもできた筈なのに、今となっては先行きが心細い。先々の責任もとってもらわねばと言ったそうです」

「ふーむ。そうとうな女だな、おたきは」

「ああいうのを希代《きたい》の悪女というのでしょうな。親父は三十両を渡して手を切りましたが、ずいぶんそのことがこたえたようでして、その年のうちに臥せってしまって、そのままあの世に逝きました。身から出た錆《さび》とはいえ、あんなに性悪《しょうわる》な女はおりませんよ。ところがつい先年、ばったり浅草寺《せんそうじ》であの女に会いました。向こうは私のことは気づかなかったと思いますが、私は忘れてはおりませんでしたからね。あんな親父でも親は親、その親をあの女に殺されたようなものですから……」

彦四郎は憎々しげに、浅草寺でおたきに会った時には、実際びっくりしたのだと言った。

「あのあばずれが、どこかのお内儀のようにすまして歩いているのですからね、笑ってしまいましたよ。ひとこと言ってやりたかったのですが、関わってまた災いを抱え込むようなことになったら大変ですからね。それに、あの女が一人ならまだしも、昔、親父を脅した時にあの女が連れてきた浪人と一緒だったんです」

「浪人が……おたきの男ではあるまいな」

「小さい時に別れていた兄だとか言っていましたが」

「兄がいたのか」

「旦那……それも嘘っぱちに決まってますよ。何を言いだすのか分かったものではありませんからね」

彦四郎は苦笑した。だが、思いの丈《たけ》を吐き出して、少しは胸のつかえがとれたのか、先ほどまで眉間に寄せていた皺はとれていた。

「いや、嫌なことを思い出させてすまなかった」

「なんの、お役に立てればと存じます。あんな女は、誰かにお灸をすえてもらったほうがいいのです。世のため人のためです」

彦四郎は積年の恨みを十四郎が晴らしてくれるかもしれないという期待があるのか、十四郎をじっと見詰めて頷いた。

十四郎は、それで嵯峨屋を後にした。

おたきは、十四郎が心配していた通りのあばずれ女だったようである。

——山崎は、そんな女のどこが良くて……。

馬鹿な男だと思いながら、十四郎は、まっすぐ東に向かって歩いていった。

隅田川に出ると枯色一色だった水辺の葦《あし》の群生する間からも、土手にへばりついていた枯茅《かれかや》の間からも、柔らかな緑の葉が立ち上がってきているのが目に入った。

春が来たのだと思った。

だが、感慨に浸るのもほんのいっとき。深川にむかって歩きながら、力弥の潜伏先を摑むために藤七を箱根にやって、自身は神田佐久間町《さくまちよう》に住むおたきの家に赴《おもむ》いた、昨日今日の調べが頭を過った。

十四郎は、実は嵯峨屋を訪ねる前に、おたきの住む神田佐久間町に昼前に立ち寄っている。

おたき親子は、町の中央を道幅三間の通りが抜ける表長屋と呼ばれる二階屋に住んでいた。

差し向かいには蕎麦屋があり、十四郎はその蕎麦屋に入り、かけ蕎麦を注文した。

店は中年夫婦がやっていて、蕎麦を運んできた女房に、おたきのことを聞いてみた。

「おたきさんですか……」

女房はすぐに嫌な顔をした。

「どうって言われても……三味線の師匠という触れこみで住み始めたんだけどさ、閑古鳥《かんこどり》が鳴いてるよ」

「息子がいるだろう、仙太郎という」

「いますよ。ならず者ですよ。母親似だね」

と、女房は切り捨てた。

「おたきさんは町内の付き合いはしないしね。溝浚《どぶさら》いの日なんて、いつも朝早くから出かけてしまって、白粉《おしろい》を塗りたくってさ、どこへ出かけていくんだか」

「おい、後でうるさいぞ」

板場から亭主が声をかけてきた。

「すいません、これぐらいにして下さいな。なんだかんだ噂していたということが知れると、得体の知れない浪人がいちゃもんをつけてくるもんだから。町内の者はみな、当たらず障《さわ》らず恐る恐る生活しているんですよ」

女房は亭主には聞こえぬように小さな声でそう言うと苦笑した。

そのおたきが、十四郎が蕎麦を食べ始めてすぐに、浪人と一緒に家から出てきたのである。

途端に両隣の八百屋や小間物屋の店の者たちが、家の中にすっと消えるように飛び込んだ。

浪人は頭は総髪、痩せて、目の険しい男だった。眉が薄く、それがいっそう悪相の男に仕立てあげていた。

その風体で、浪人は前後左右の隣人を睥睨《へいげい》するように睨んだ後、おたきの後ろに従った。

――あいつだ。

浪人は、喜野が橘屋に駆け込んで、離縁したいと訴えていた時に、表をうろついていた、あの男だと思った。

おたきの後にくっついて歩く浪人の後ろ姿には覚えがあった。

「旦那、あの二人ですよ」

蕎麦屋の女房が茶を運んできて、二人の後ろ姿に顎をしゃくった。

「おかみ、もうひとつだけ教えてくれぬか」

十四郎は懐から小粒を出して、すばやく女房の掌に載せた。

「仙太郎は誰の子か知らぬか」

亭主の手前、口を噤《つぐ》んでみたものの、女房はやはり、まだおたきのことを話し足りなかったのか、小さな声だったが、これを話さずにはおられるものかというような顔をして、

「どこかの、お武家の子だって言ってるらしいけどさ。へん、分かるもんか。だってさ、お武家が通ってくる以前から、次から次へと男の出入りはあったんだからね。三味線習いに来てたんじゃないよ。三味線の音なんて聞いたことないんだから。ね、分かるでしょ。それに、あの浪人、あたしはおたきさんの情夫《いろ》だって見てるのさ」

女房は、最後は岡っ引のような口振りだった。

四

「十四郎様、あの家でございます」

藤七が案内したのは、回向院《えこういん》の門前町にあるめし屋だった。

古い家で二階建てになっていて、一階はめし屋で二階が住居になっているようだった。

藤七は箱根に住む力弥の母親に会いに行ったが、母親は、まだ力弥は山崎の家にいると信じていた。

母親から聞き出せたのは、江戸には回向院の門前町でめし屋をやっている親戚の者がいることと、幼馴染みのお染《そめ》という女がいるということだけだった。

「おらたち親子は、山崎様には足を向けては寝られねえ。力《りき》を拾っていただいたばかりか、奥様は箱根に湯治に来られるたびに、おらを心配して力をここへよこして下さる心のあったけえお方でございます。旦那様、力に会ったら、おっかあはお前がしっかりお勤めを果たすことが幸せだと、そう伝えてくだせえまし」

などと母親は言って、干し柿を藤七に託したのである。

藤七は母親に、力弥が山崎の家から姿をくらましているなどとは、とても言えなかったのである。

どんなに貧乏していても母は母。子の行く末を祈り、子の幸せだけが自分の幸せだと感じているものである。

事情が混沌《こんとん》として判然としない今、この母親を悲しませてはいけないと藤七は思ったのであった。

藤七は、府内に戻ってくると、まっすぐ回向院のこのめし屋の前に来ている。

張り込み始めてすぐに、力弥の存在を確認して橘屋に戻り、十四郎とお登勢に報告して、とってかえして十四郎を案内してまたやってきたのであった。

めし屋は、夕暮れ時のいっときが過ぎると、客足もまばらになる。十四郎と藤七は、それを見計らってやってきていた。

そう広くもない店である。中に居座っている客は二、三人かと思われた。

「行くぞ」

十四郎の合図で、二人は店の中に入り、板場にいた中年の主に力弥に会いたいと言った。

「ここにいるのは分かっているのだ。隠すとためにならぬぞ」

十四郎のその言葉で、主はびっくりして、力弥は二階にいると教えてくれたのである。

「力弥だな」

十四郎と藤七が踏み込むと、力弥は寝そべっていたのか、ぎょっとして飛び起きた。

「聞きたいことがある。正直に話してくれ」

十四郎と藤七は、前後を囲むようにして力弥の傍に腰を落とした。

「お前が、山崎殿の妻女、喜野殿と不義を致したのかどうか、それが聞きたい」

「申し訳ございません」

力弥は、そこに手をついた。

「何……では、不義をしたと申すのか」

「はい。奥様に誘われて、つい」

力弥は、手をついたまま言った。

「箱根の宿で、湯からあがられた奥様のおみ足をお揉みいたしました時に……いつだったか、それが殿様にばれてしまって、厳しく問い詰められたことがございます。その時はなんとか言い訳を致しましたが、このたびは奥様がお屋敷を出ていかれまして、私もこれ以上お屋敷にお世話にはなれないと存じましたものですから、へい」

力弥は澱《よど》みなく告白した。

「ふーむ」

十四郎は、正直驚いていた。予期せぬ話を聞いたと思った。

藤七も同じ思いだったのか、苦虫《にがむし》を嚙み潰したような顔をして力弥を睨んでいたが、懐から藁《わら》包みを出した。

俯《うつむ》いていた力弥が、驚いた顔を上げた。

「箱根のおっかさんから預かってきたものですよ。山崎様のお屋敷できちんと勤め上げるようにと言っておりました」

「おっかさんが……」

力弥は、藁包みをじっと見詰めた。

「私はあんたが、山崎様の家を出ているなどと、とても言えませんでしたよ、おっかさんには……。ありがたいものですね、おっかさんというのは……」

「……」

「わが子を信じて、それを頼りに暮らしているんですね。あんたが幸せになればいい、自分が寂しい思いをしたって、あんたが幸せになればと……」

「おっかあ、すまねえ」

力弥は藁包みを鷲づかみにして、絞り出すような声を上げた。

「私がおっかさんに話を聞いたところでは、箱根に奥方のお供をした時には、実家に帰してもらっていたというじゃありませんか。本当に奥方と不義があったんですか、力弥さん」

「……」

力弥は声を上げようともしないのである。

「力弥」

十四郎が厳しい声で呼びかけた。

「お前は、不義はご法度《はっと》だということを知らぬ訳ではあるまい。喜野殿は不義などなかったと申しておるぞ。お前が認めれば喜野殿は窮地に立たされる。それでもよいのか。仮に本当に不義があったとしても、否定するのが普通ではないのか。なぜそんなにすんなり認めるのだ。お前は山崎殿に斬り殺されてもいいのだな」

そう言った途端、力弥の顔色が変わった。

「帰ってくれ、お願えだから帰ってくれ！」

力弥は泣き伏した。

「塙殿……」

階下に降りると、蕗味噌の源内が飯台から立ち上がった。

「橘屋に参りましたら、こちらだと言われましたので……しかしまさか、こんなところに力弥がいたとは」

源内は店の奥で手をとりあって震えている、めし屋夫婦をちらと見遣って、

「塙殿は、力弥に女がいることはご存じですか」

と言ったのである。

「源内殿が、調べてくれたのですか」

「蕗味噌を作っていただいたお礼でござる。亡くなった女房のために泣いてくれた奥様の力になれればと存じましてな」

源内は照れくさそうに言った後、

「実は、力弥の中間仲間を当たってみて分かったのですが、力弥はその女を身請けするのだと言っていたようです。源氏名はあやめ、深川の『桔梗屋《ききよう》』の女郎です」

「あやめに会いたいというのは、お武家様でござんすか」

富岡八幡宮《とみがおかはちまんぐう》の門前町にある桔梗屋の女将は、源内の案内で訪ねていった十四郎に、渋い顔をして言った。

「あの子になんの用でございます」

「ちと話を聞きたいことがあってな」

「あいにくですが、会わせる訳にはまいりませんね」

「何……」

「臥せっているのでございますよ。ですから」

「かまわん、会わせてくれ。金は払うぞ」

十四郎は二分を出して置いた。

「さいざんすか……まっ、じゃあ、少しだけにして下さいまし」

女将はそう言うと、十四郎と源内を女郎宿の階下の廊下の突き当たりに案内した。

「正直言いますと、うちも困ってるんですよ」

女将は、吐き捨てるような口調で言うと、目の前の重たい杉戸を顎で指して、

「ここですよ。では、あたしは帳場にいますから、帰りには声かけて下さいましな」

と言い、中にいるというあやめに声をかけるどころか、一歩も踏み込みもせずに引き返した。

十四郎は、女将の背を見送ってから、杉戸を開けた。

途端に異臭が鼻をついた。

乾いた咳が聞こえてきたが、暗闇のために何も見えない。

明らかに病気になった女郎はお払い箱といわんばかりに、明かりひとつない部

屋に閉じ込めているのだと、十四郎の胸に激しい怒りが湧いてきた。

「女将の奴」

「灯を貰ってきましょう」

源内が帳場に走って、手燭《てしょく》を持ってきた。

「あやめだな」

探るように中を照らした。

ほのかに見える布団部屋の片隅に、動くものが見えた。

「はい……」

消え入りそうな声がしたと思ったら、また激しく咳《せ》き込んだ。

「大丈夫か」

聞いてやってもどうにもならない空しい言葉を、十四郎は思わずかけていた。

「どなた様でしょう」

あやめは、小さな声で聞いてきた。

「いや、力弥の知り合いの者だが」

「力弥さんの……」

女の声には、喜びの色が混じっていた。

手燭の灯に照らし出されたあやめの顔は頬骨が立つほど痩せこけていて、顔色は薄紙のように白かった。

胸を患《わずら》っているなと思った。

「あの、あの人、いつ来てくれるのでしょうか」

生気のない乾いた小さい声だった。

「しばらく来ていないのか、力弥は」

「はい……身請けのお金ができたら来てくれるって」

そういう間にも、苦しげな息を吐く。

「そうか、身請けをな」

「私を田舎に連れて帰ってくれるって……」

「田舎……もしやそなたの田舎は箱根の」

「はい」

「お染さんか」

「はい」

「そうか、そうだったのか……して、幾らの身請け金が必要だったのだ」

「三十両です」

とあやめは言いながら、容易にそんな金はつくれる筈がないと悟ったのか、

「無理ですよね、そんなお金……分かってるけど、私、待っているんです」

灯の光に、一筋の涙が光って落ちていくのが見えた。

「なに、なんとかするだろう。俺たちは力弥に代わって見舞いに参ったのだが、気を強く持って待っていろ」

他に、言葉のかけようもない。

枕元には薬は置いてあるようだが、飲んでいるのかいないのか、明かりもない汚い部屋で、この女は力弥が身請けの金を持ってくるのを頼りに生き長らえているのかと思うと、胸が痛んだ。

その時である。廊下に足音がしたと思ったら、年増の女中が、

「食事だよ」

中に入りもせずに、廊下に置いて去っていった。

食事というのは、欠けた木の椀に入った粥一膳、お菜《さい》は梅干し一つもないのである。

「塙殿……」

廊下から部屋の中に椀を運んできた源内が声を詰まらせた。

「いいか、くれぐれも気を強く持て」

十四郎はあやめを励ましてから女将の居る帳場に向かった。

「女将、この金で少し滋養のつく物を食わせてやってくれ。それから、部屋に灯を入れてやってくれぬか」

十四郎が一両をぽんと女将の前に差し出すと、

「無駄金になりますよ、旦那。あの子はもう助かりませんね、それでもよござんすか」

女将は平然と言ってのけた。

「女将、それが人ひとりの最期を看取《みと》ろうという人間の言う言葉か。二度とそのような口を利いてみろ、俺が許さん」

十四郎の声には、自分でも驚くほどの怒りがあった。相手が女でなかったらぶん殴るだろうと睨み据えた時、

「だ、旦那……」

女将は驚愕した目で見詰めていたが、やがてこくりと頷いた。

「とまあ、そういう訳だが……」

橋屋に戻った十四郎は、黙って十四郎の話を聞いているお登勢と金五を交互に

見た。

「十四郎様は、力弥という人は嘘をついていると、そう感じていらっしゃるのですね」

お登勢は茶器を引き寄せて言った。

春が訪れたとはいえ、まだ肌寒く、橘屋では冬場とかわらず、炭を火鉢にくべている。

赤々と熾《お》きている火を見詰めていて、あやめと名乗るお染の部屋には暖をとるものはなに一つなかったことを、十四郎は思い出していた。

「いや、間違いないいな、力弥は身請けする金ほしさに不義をしたなどと言ったに違いない。山崎に頼まれたのだ」

金五も怒りを覚えたようだった。

「そういうことでしたら、こちらもそんな見え透いた策略に屈する訳にはまいりません。明日から藤七を力弥に張りつかせます」

お登勢は、きっと十四郎を見て言った。

五

「力弥、お金をくれだなんて。まだ仕事は終わっちゃいないんだよ」

おたきは、煙管《キセル》を火鉢の角に打ちつけて灰を落とすと、きっと力弥を睨んで言った。

「ですが、おたき様。あっしはおっしゃる通りに不義をしたと言ったんですぜ」

「おだまり。相手がどう出てくるか、まだ分かっちゃいないじゃないか。あたしが聞いた話では、橘屋の人間を騙すのは容易なことじゃないっていうからね、まだ安心はできないんだ。いいかい。本当は、あたしゃ、山崎の殿様には離縁してもらいたいんだよ。だけど、哀しいことに殿様はご養子さんなんだから、離縁なんかになったら仙太郎の跡取り養子の話まで吹っ飛んでしまうんだからね。山崎の家をあたしたちの物にするためには、奥様には山崎の妻のままで死んでもらわなくっちゃ」

「奥様を殺す……」

「そうだよ。喜野様が不義をしたと分かったら橘屋から追い出されるだろ、そこでお前が喜野様を殺すんだよ」

「おたき様……」

「何をびっくりしてるんだい。そこまでやって三十両の値打ちがあるんじゃないか」

おたきは冷ややかな笑みを浮かべた。

「いやだ。俺にはできねえ」

「寝ぼけたこと言うんじゃないよ。お前はもう、悪に手を染めてるんだ。今更やるのやらないのと言えるもんか」

「ですが、おたき様。何もそこまでやらなくても、仙太郎様がご養子に入ることができたなら、それでよいのではありやせんか」

「あたしはどうなるんだい」

「おたき様が……」

「そうだよ。一生妾でいなくちゃならないじゃないか」

「………」

「そんなことはまっぴらだね。山崎の爺さんが死ぬのをあたしゃずっと待っていたんだから。次は奥様の死ぬのを待つって言ったって、そんなことをしていたら、こっちが先に死ぬかもしれない、そうだろ。あたしゃお旗本の奥様になる日をずっと待ってたんだから」

「……」

「やるのやらないの、どっちだい」

おたきが恐ろしい顔をして怒鳴った。

「まあ待て、おたき」

奥の部屋から、あの総髪の浪人が、のそりと出てきた。

「あら兄さん、帰ってたんですか。いやね、突然この人が現れてさ、金をくれなどと言うもんだから、まだ仕事は終わってないって言い聞かせていたんですよ」

おたきは、浪人に甘えるような口調で言った。

浪人は薄笑いを浮かべて、力弥の傍に片膝立てて腰を落とした。左手には鞘ごとだが長刀を引き抜いて畳の上に立てている。その姿勢のままで、

「力弥……」

と言った。

ぞっとするほど冷たい声だった。

「お前は、不義をしたと、確かに言ったんだな」

「へい」

「だったら、山崎の殿様に、斬り刻まれても仕方のない身の上だ」

「旦那、そりゃあねえでしょう。身の安全は最初からの約束じゃねえですか」

「気が変わるということもある」

「へっ」

力弥は仰天して浪人を見た。

「ただし、だ。おたきの言うとおりにしてくれれば、約束は守るぞ」

「奥様を殺せと……」

「そうだ」

「……」

「力弥」

「分かりやした。その代わり十両でいい。いますぐいただきてえんです。女が死にかかっているんです」

じっと見た。

「よし、分かった。おたき、十両出してやれ」

「だって兄さん」

「いいから……」

浪人が厳しい顔で制すると、おたきは渋々後ろの小簞笥の引き出しから十両の金を摑み出すと、力弥の前に投げた。

空しい音が響き、十枚の小判が散った。

力弥は急いで掻き集めると、金を懐に納めて立った。

「それじゃあ、旦那」

力弥は、逃げるようにして、おたきの家を出た。


灯のない三間道から大通りに急いで出てきた力弥は、柳橋まで一気に歩くと、ほっとして後ろを振り返った。

まだ宵の口で、ここまで来ると人の往来も多く、道を照らす軒提灯もあって安心出来た。

懐の十両をしっかりと左手で押さえたまま柳橋を渡った。

行き交う人の、なんと屈託のないことか……。

力弥は自分を呪いたくなるような気分にさえなっていた。

あの、鬼のような女おたきに言いくるめられて、不義をしたと証言する役を負って力弥は山崎の屋敷を出た。

数日のうちに、その力弥を捜して回向院の門前町のめし屋に、橘屋の手がまわってくることは、みな計算ずみだったのである。

力弥は半信半疑だったが、おたきはそう言った。

はたして今日、橘屋の者は現れたのだった。

それで力弥は、おたきに言い含められていた通り、奥様の喜野様と不義を致しましたと証言したが、橘屋の番頭藤七が、おっかさんの言伝《ことづて》を持ってくることまでは夢想だにしていなかった。

藁包みの中には、力弥の大好きな干し柿が入っていたのである。

力弥が命を張って助け出そうとしているお染も干し柿が好きだった。

親たちが軒下に吊した柿を、まだ渋みが残っているうちに、鼠が引いていくようにして、お染と盗み食いしたことを思い出す。

――待っていろよ、お染……。

慕る思いでお染の名を心のうちで呼んだ途端、

――奥様、堪忍して下せえ……。

と今度は、力弥の心は罪悪感で潰されそうになるのであった。

藤七が言っていた通り、力弥は喜野には恩があった。

その恩人を裏切ることは身を切られるように辛かったが、不義の証言をしたからと言って、お前や喜野を殺すことはないのだと山崎にも説得されて、不義証言の仕事を引き受けている。

一刻も早く金が欲しかった。だから、橋屋の者たちが引き揚げるとすぐに、力弥はおたきの家に走ったのであった。

ところがおたきは、まだ仕事は終わっていない、喜野が橋屋から出されたら、喜野を殺せと言う。

——俺には殺せねえ……。

と力弥は思った。

しかし力弥は、あそこで殺しを引き受ける返事をしなかったら、浪人の黒木《くろき》に、あの場で殺されていたに違いないと思っている。

こうなったら十両でもいい、金をもらって、そのままその足で橋屋に駆け込んで、一部始終を話すしか道はないと力弥は考えたのである。

案の定、あの二人は力弥の言葉を信じて十両を出してくれた。

力弥は両国橋まで出ると、橋を渡らずに南に道を取った。

――ぐずぐずしていたら、捕まる。

力弥は、いったん後ろを振り返って自分がつけられていないか確かめた後、隅田川べりの道に入った。

月はおぼろで薄暗かった。

ましてこの辺りは、武家屋敷ばかりが続き、灯の光というものがない。なあに新大橋《しんおおはし》を渡れば、橋屋はすぐだ。薄暗闇もそこまでだと、心を奮い立たせて川べりを小走りに南に向かった。

新大橋の袂に出て、対岸に深川の灯の光が見えた時、力弥はようやくもろもろの心配ごとから解放されたような気分になった。

小走りしていた足も、普通の歩きに変えた。

川面が黒々と光りながら流れているのをちらと見て、力弥が新大橋を渡ろうと橋の袂にさしかかった時、背後から誰かが走ってきた。

足音はなかったが、風を切る音があっという間に近づいてきたからである。

力弥がふっと振り返った刹那《せつな》、黒い塊が疾風のごとく走り抜けて武家屋敷の通りに消えた。

塊は間違いなく人間のようだったが、武家か町人か、男か女かも分からなかった。

力弥は、脇腹に痛みを感じて膝を折った。脇腹に当てた手がぬるりとした。まもなく、そこから温かい液体が流れ出た。血の臭いが鼻をついた。

——やられた。

と思った時には、おびただしい血が溢れていた。

——あいつだ……。

黒木の旦那だと思った。

「おっかあ……」

力弥は叫んで、暗闇の中に墜《お》ちた。

六

「なに、力弥が殺された？」

橋屋の玄関に入った途端、十四郎は出迎えてくれたお登勢から、昨夜力弥が新大橋の西詰で殺されたと知らされた。

「藤七は今日から力弥に張りつくつもりで回向院のめし屋に参ったのです。そうしたら、休業の札がかかっているので、主に聞きましたところ、力弥が殺されたと言ったそうです。さきほど藤七から使いが参りまして……。で、藤七はまだ向こうにいます。十四郎様が見えられたら、すぐに来てほしいと……」

「承知した」

十四郎はすぐに取って返して、回向院の門前町に走った。

力弥の遺体は店の二階に寝かされていたが、夕刻出棺するとのことだった。

主に断って力弥の傷を検《あらた》めた。

力弥は、腹を真一文字に斬られていた。横薙ぎにされたのだと思った。むろん凶器は長刀である。

力弥の、ぺろりと千切《ちぎ》れた衣服をまた元に戻して、十四郎は考えた。

太刀筋は鋭いが、殺人者は力任せに斬っていた。横腹の背後から刃が入っているところをみると、殺人者は力弥の後ろから不意打ちをしたらしい。

力弥に身請けされるのを待っている病床のあやめの顔が、十四郎の脳裏を過った。

あやめは、力弥が殺されたと知ったら、その衝撃で一も二もなくその場で死んでしまうのではないかと思った。

「十四郎様。力弥が殺された時、橋詰の土手で夜釣りをしていたお人がおりまして、さきほどまでお奉行所の同心からいろいろと尋ねられていたようですが、十四郎様もじかにお聞きになったほうが良いかと存じまして、下で待ってもらっております」

藤七は促した。

「分かった」

十四郎はすぐに階下に降りた。

殺しを見たという男は、調理場の裏の小部屋で待っていた。

男は名を留次郎《とめじろう》と名乗った。

難波町《なにわちょう》に住む大工だそうで、新大橋の袂が魚の食いつきがいいと人から聞いて、昨夜から釣糸を垂れていたのだと言った。

「あっしが気がついた時には倒れていたんですがね。近づこうと思ったところに、武家地の方からお武家が走って参りやして、殺されたお人の懐をさぐっていたのでございます。あっしはもう恐ろしくて隠れていたんですが……」

「顔を見たのか」

「へい、といってもご浪人でした。総髪《そうはつ》の背の高い」

「そうか、総髪のな……」

「へい。で、懐を探っているところへ、新大橋を酔っぱらいが二人、渡ってきやして、それでその浪人は慌てて逃げていったという訳でして」

「いや、大いに参考になった。礼を言うぞ」

「とんでもございやせん。では、あっしはこれで」

留次郎はぺこりと頭を下げると、めし屋の主に送られて外に出ていった。

「間違いないな。おたきのところにいる浪人だ」

十四郎は傍にいた藤七に告げた。

「十四郎様、力弥の懐の奥に一両ありました。おそらく、浪人が慌てて取りこぼした一両だろうと思われます」

「力弥は、昨夜のうちにおたきの家に行ったのかもしれぬな」

「はい。ここの主には黙って出かけていったのだそうですが、おそらく……」

「そして、金を貰ったのだ。ところが、あのおたきのことだ。すべてを知っている力弥を生かしておいたら、自分たちが危なくなると口封じをした」

「相手の弱みにつけこんで。おたきは想像以上の性悪女でございますね」

「山崎も山崎だ」

十四郎は、吐き捨てるように言った。

「塙殿、少しよろしいですかな」

蕗味噌の源内だった。源内は後ろに四十前かと思われる化粧の濃い女を一人、従えていた。

「昔、おたきさんと一緒に働いていたお品《しな》さんと言います。今は田原町《たわらまち》の飲み屋の女将です」

源内が女を説明している間、お品という女は、忙しなく頭に手をやったり襟に手をやったりして、十四郎にお色気たっぷりの笑みを送ってきた。

「昔というと、おたきが嵯峨屋に身請けされる以前のことかな」

「はい」

十四郎の問いかけに、女は科《しな》をつくって頷いた。

「びっくりするような話を知っていますよ、この人は。お品さん、こちらの人にも話してやってくれ」

「いいですよ」

お品はぐいと顎を引くと、

「旦那、おたきさんと一緒にいるご浪人のことですけどね。あの人、兄さんなんかじゃありませんよ。情夫《いろ》ですよ、おたきさんの……」

「ふむ……」

「あの男とは、嵯峨屋さんに身請けされる以前からずっといい仲だったんですよ。何も知らない嵯峨屋さんは、おたきさんを身請けして囲った訳だけど、あのご浪人は兄と名乗って、以後ずっと二人は一緒に暮らしてきたんですよ」

「するとなにか、仙太郎はあの浪人の子か」

「はい。間違いなくあの浪人、黒木忠兵衛《ちゅうべえ》の子です」

お品はおたきに遅れること二年、ある人によって身請けされたが、その人が急死したために、以後は飲み屋の女将として生計をたてていた。

ちょうどその頃、お品が店を始めた頃に、ひょっこりおたきが現れて、腹に子が出来たのだと言って、この子の父親は一緒にいる黒木の旦那だと嬉しそうに告げたのであった。

「ところがその子を使って、なんとかいうお旗本の養子に仕立てて後妻に入ろうなんて。人の目はごまかせても、やっちゃいけないことでしょ。昔の仲間としては黙っていられなくって、注意してやったんですよ。そしたら」

お品は、急に恐ろしげな顔をした。

「誰かにばらしたら殺すよって……あんたなんか、もう友だちでもなんでもない。これからは道で会っても、声なんてかけないでおくれ、とこうなんですもの。あたし、頭にきてさ」

「そうか……お品とやら、この先、お前の証言が必要となった時、頼めるかな」

「もちろんですよ。おたきさんには目を覚ましてほしいんですよ。あんな人がいるから、女郎あがりだってあたしたち馬鹿にされちまうんですよ。人として地道に生きてほしいんです、あたし。親友だったのに……あんなふうな生き方するの、見てられないんです」

お品は、からん、と下駄を鳴らして俯いた。

「ふむ……」

見かけによらず、お品はおたきとは違って地に足をつけて生きている。好ましい、いじらしい女だと思った。

「十四郎様、柳庵先生がすぐに桔梗屋に来てほしいとお使いを寄越してきました」

お登勢が緊張した顔で、玄関から引き返してきた。

十四郎は、橘屋に戻って夕食を終えたところで、茶を喫していた。

「あやめの容体が悪くなったのだな」

「そのようです」

お登勢は暗い顔で頷いた。

十四郎は残っていた茶を飲み干して玄関に向かった。

「私も参ります」

藤七が橘屋の屋号の入った提灯に灯を灯して待っていた。

十四郎が、お民が揃えた草履に足を入れて振り返った時、

「お待ち下さい」

二階から宿泊している喜野が下りてきた。

「これを、あやめさんのために使って下さい」

喜野は懐紙にすばやく一両を出して包み、十四郎に差し出した。

「喜野殿」

「仔細はお登勢様からお聞きしました。力弥もいわば被害者です。その力弥が命を懸けてまで助けようとした愛しい人が苦しんでいるのです。力弥も成仏できません。長年山崎家によく勤めてくれたことへの私の気持ちですから」

と喜野は言う。

「承知した。この金は、きっとあやめに」

十四郎は懐に納めると、藤七と富岡八幡宮の門前町にある桔梗屋に向かった。

はたしてあやめは、桔梗屋の納戸の中で忙しい呼吸を繰り返しながら、柳庵に見守られていた。

「柳庵殿……」

あやめの傍に座してすぐに、十四郎は聞いた。

柳庵は首を横に振って、それに応えた。

「そうか……」

十四郎がそっと覗き込むと、俄かに弱々しく目を開いたあやめが、じっと十四郎を見詰めてきた。

「あやめ、しっかりするのだ」

「り、力弥さん……」

あやめは、全身の力をふり絞って呟いた。その目は虚《うつ》ろで天井の暗闇を見詰めている。十四郎を見詰めてきたと思ったのは錯覚で、あやめはどうやら、この部屋の暗い空間の中に、力弥の姿を求めているようだった。

「力弥は、まもなく参るぞ。しっかりするのだ」

叶うはずもない言葉を告げる。

「力弥さんが……力弥さん」

あやめは、手で宙を摑むようにして喘《あえ》ぐ。

十四郎は一瞬戸惑ったが、その手をしっかりと握ってやると、

「力弥だ。分かるか」

耳元に声をかけた。

「ありが……とう」

あやめは、微笑した。

一同が悲しい目で、あやめを見詰め直した時、あやめはすーっと息を引いた。

「あやめ……」

「十四郎様……」

柳庵が緊張した顔で頷いた。

「哀れな……」

十四郎は握り締めていたあやめの手を、あやめの胸に置いた。

「あやめちゃん……」

杉戸の際で、数人の女郎たちが泣き崩れた。

だが、その向こうで突っ立っていた女将が言った。

「お武家様、その遺体、どうしたものでしょうかね。あやめにはまだ貸しが残ってますからね。回向院に持ってってもらおうと思っているんですが、よござんすね」

感情のかけらもない、冷たい言葉だった。

「これで手厚く葬ってやってくれ」

十四郎は喜野から預かってきた一両を女将に手渡した。

「一両……」

女将がびっくり眼《まなこ》で、十四郎と一両小判を交互に見ると、

「旦那、葬式で残った金は、借金の穴埋めにさせていただきますよ」

と言ったのである。

「女将、この金は葬いのための金だ。すべて葬式に使ってもらう。証人はそこの女たちだ。よいな」

「十四郎様、私が後のことは……お任せ下さいませ」

藤七が、女将の手から一両を取り上げた。

女将はぷいと顔を背けると、足音も荒く帳場の方に足早に消えた。

「おっかさん。俺、やだよ、こんな格好」

仙太郎は、着けたばかりの麻裃《あさがみしも》の裾を両手で摘みあげると、ひらひらさせた後、そこにどかっと胡座《あぐら》をかいた。

「仙太郎、わがままを言うんじゃないよ。それにこれからはおっかさんはやめとくれ。母上と呼びな」

「母上……」

仙太郎は、傍にいる黒木忠兵衛に、へらへら笑ってみせた。

「母上、父上だよ。今日からあんたは二百石の若様なんだから、下品な言葉を使っちゃ駄目」

「おっかさんが母上なら、向こうの女の人はなんて呼べばいいんだ」

「あの人かい、適当に言っときな。近いうちに、あの人には死んでもらうんだから。そしたらあたしが正真正銘の母上様だ」

「じゃあ、ここにいる親父はどう呼ぶんだ」

「しばらくは叔父上様だね。でもそれも、山崎の殿様が死ねば、おおっぴらに父上様と呼べばいい」

「おたき、声が大きいぞ」

傍から苦笑して、黒木がおたきに言った。

「あんた、ここだから言ってるんじゃないか。長年、この日の来るのを待っていたんだから、あたし。女郎あがりのあたしがさ、奥様と呼ばれる身分になるんだから……」

「おたき……」

「だって、考えてもごらんよ。世の中どうしてこんなに不公平なんだい。貧乏な親の子に生まれたばっかりに、あたしは女郎屋に売られちまったんじゃないか。あんただってそうさ。一生浪人暮らしだよ。貧しい者はいつまでも貧しく、身分の低い者は、どこまでいっても低いままだよ。世の中間違ってる。だったら、こっちも、世の中騙して、金も身分も奪いとるしかないじゃないか」

「また、始まったよ。親父、なんとか言ってくれよ」

「まあいい。おたきの好きにするさ」

黒木は投げやりに言った。

「さあさ、そうと決まったら、お祝いをやろうじゃないか。しばらく仙太郎とは別れ別れになって暮らすんだからね」

おたきは声を弾ませて台所に走ると、仰々しく白木の三方《さんぼう》に酒と盃を載せてしずしずと戻ってきた。

「おたき」

黒木が険しい顔をして叫び、立ち上がって刀を抜いた。

おたきは、黒木の剣先がおたきの後ろに向けられているのを知って振り返った。

「あっ」

三方が、おたきの足元に音を立てて落ちた。

「誰だ」

黒木が叫ぶ。

「橘屋の雇われ人、塙十四郎だ。おたき、黒木忠兵衛、お前たちの計略はすべて聞かせてもらったぞ」

「何……」

「山崎家への養子の夢など、すでに潰《つい》えておるぞ。ここにもまもなく町方が参る。神妙に致せ」

「冗談じゃないよ。そんなことされてたまるもんか」

「そこにいる馬鹿息子は、お前と黒木忠兵衛との間に出来た子だということは、すでに山崎にも知れているぞ」

「あんた、斬っておくれ。早くこの男を斬り捨てるんだよ」

おたきは狂ったように叫ぶと仙太郎に走り寄り、仙太郎の脇差《わきざし》を引き抜いて、

「ちくしょう……」

十四郎に突進してきた。

「馬鹿な奴」

十四郎はおたきの手に手刀を打った。そして、脇差を手放したおたきの腕を捩《ね》じ上げて、

「お前は、人として恥ずかしくないのか」

捩じ上げたまま突き放すと、おたきは突風にでも遭ったようによろめいて、膝を起こしていた仙太郎に体当たりするように飛んだ。

「おっかさん……」

「仙太郎……」

さすがのおたきも、仙太郎にしがみついて、

「に、に、逃げ……」

必死に立ち上がろうとするのだが、仙太郎の胸にぶらさがったまま、少しも腰に力が入らないようだった。

あわあわ……と言葉にならない声を上げて、慌てふためく親子を十四郎は目の端に捉えながら黒木の前にずいと出た。

その刹那《せつな》、黒木は飛び込むと同時に、十四郎の足を薙ぐように横一文字に撃ってきた。

唸るような剣風が押し寄せてきた。だが、十四郎は抜き放った勢いで、外に払うようにして物打《ものう》ちでこれを受けて撥ね返し、足を踏み替えると上段から黒木の額に撃ち下ろした。

刀の擦り合う鈍い音がした。

黒木が額の前で十四郎の剣を受け流そうとしたのである。しかし、十四郎の太刀が一瞬早かった。

手首に確かな手応えがあった。

振り下ろした剣をすーっと流して黒木を睨んだ時、黒木の額から鮮血が吹き出した。

「あ、あんた……」

おたきが叫ぶのと同時に、黒木は刀を両手で握りしめたままで、仰向けに重い音を起《た》てて落ちた。

「塙さん。後はこちらにお任せ下さい」

配下の同心、捕り方を従えた北町奉行所与力、松波孫一郎が入ってきた。

「やや……これはこれは」

源内は蕗味噌を舌に載せて小首を傾げて味を確かめると、口元に笑みを浮かべて見詰めていたお登勢に言った。

「いや、三ツ屋の蕗味噌は天下一品でござるな」

「まあ、それはようございました」

「なんかこう、苦みの中にまろやかさがありますな」

蕗味噌を前にすると源内という男は、いっそう口が滑らかになる。

昨日まで両国橋東詰にある小梅という店の蕗味噌が「江戸広しといえども一番」と言っていた人が、今日はお登勢に「三ツ屋の蕗味噌は天下一品」だと言うのである。

「蕗もう、今年はこれで終わりでございます」

「そうでしょう、そうでしょう」

「薹《とう》が立ちすぎますと、お味もよろしくございません」

「おっしゃる通り……しかし、これで今年も終《しま》いだとおっしゃる三ツ屋の蕗味噌を頂けるとは、ありがたい」

「もう少しいたしますと、山椒《さんしょう》味噌もおいしゅうございますよ」

「ほう、山椒味噌ですか」

「はい……それに柚子《ゆず》味噌も、香りがよろしゅうございます」

「おお、柚子味噌ね」

「山椒味噌も柚子味噌も、頃合いを見てお立ち寄りいただければと存じます」

「いやあ、恐縮。味もよろしいが、お登勢殿のような美人を前にして頂けるというのが、嬉しいですな」

お登勢はころころと笑った。見え透いたお世辞と分かっていても、お登勢ほどの女でも嬉しいらしい。

「源内様にはこのたびは、いろいろとご協力をいただきました。おかげさまで、早々に事件は解決致しました。蕗味噌でご満足いただけるのでしたら、いつでも」

「なんの、私も山崎の奥方には恩ある身でござった。それはそうと、おたき親子への裁きは下されたのですか」

「ええ、先日、北町の与力様からお聞きしましたところ、遠島《えんとう》だそうでございます」

「死罪は免れた訳ですな」

「そのようです」

「しかし、山崎の殿様も、あんな女に騙されるとは……」

源内は苦々しい顔を向けた。

おたきに騙されていたと知った山崎は、一転して喜野に平謝りしたのである。

今更離縁されたら帰る家もない。実家はとうに兄夫婦のものだし、甥や姪もいて、居場所すらないのが実情だと山崎は言ったそうだ。

さすがの喜野も、追い出すこともならず、離縁の話は白紙になったが、当然のことながら、山崎の家の養子は、喜野の妹の息子と決まった。

「いや、実は、私はこのたびの養子縁組の折に用人を頼むと奥方からお言葉を頂きました。で、昨日、山崎家に立ち寄ったのですが、身から出た錆《さび》とはいえ、まこと惨めな……」

と、源内は声を落として、

「殿様は、離れの部屋に移られたようでして、私がお部屋をお訪ねしたところ、どうもおかしい」

「おかしい？」

十四郎が顔を上げると、

「惚《ぼ》けたんではないかと」

「何、まだそんな年でもなかろう」

十四郎は苦笑して、

「そのうちに、喜野殿とよりが戻れば元気が出てくるのではないか」

「塙殿は何もご存じない」

「俺が」

「はい。女子《おなご》は恐ろしい生き物だということをです。これは山崎様に限ったことではございませんが、若い頃に奥方に苦労ばかりかけていたようなお人は、たいがい、老後は悲惨です。病で臥せるようになったりしますと、水も貰えない、垂れ流しでほったらかし」

「源内殿、ちと大袈裟ではないのかな」

「いいえ、私はいくつもそのような家の中を見てきております。復讐ですよ、女房殿の……若い頃に女房殿を大事にしなかった亭主は、その日から報復を受けるのですよ。いや私も、亡くなった女房を偲んで蕗味噌を食べ歩いているなどと言っておりますが、女房が生きていれば、私の老後もそんなものだったのかもしれません」

源内は、急に神妙な顔をしてみせた。

第三話　畦《あぜ》火《び》

一

墓前で合掌しているお登勢の鼻先に、土の臭いの混じった枯れ草の焼ける臭いが漂ってきた。

お登勢は風上にある木立の向こうに目をやった。そこには寺の畑地が広がっていて、立ち木の間から垣間見える。

白い煙が上がっているところを見ると、春を迎えて耕作するための藁《わら》焼きかと思った。

畑焼きには、害虫を死滅させ、その灰を畑の肥料にする役目があるらしい。

この寺は、浅草《あさくさ》の東本願寺《ひがしほんがんじ》の西方に広がる寺院のひとつで『雲慶寺《うんけいじ》』という臨済宗妙心寺派《りんざいしゆうみようしんじ》の寺である。

俗に新寺町《しんてらまち》と呼ばれている町の通りに面しているのだが、墓地の奥には杉や檜《ひのき》や雑木が帯のように立っていて、その木々の裏手に寺の畑地があった。

畑地では、庫裏《くり》で使用する食材の一部、主に野菜などを知り合いの百姓に頼んで栽培していると聞いていたが、お登勢が畑地の畦火《あぜび》を見たのは、今日が二度目だった。

一度目は夫徳兵衛《とくべえ》をこの墓地に埋葬したその日に見ていた。あの時、白い煙が立ち上った時、お登勢はいっそうもの悲しい思いにとらわれたことを、この場所に立つたびに思い出す。

お登勢は数珠を手にしたまま立ち上がった。

そして、もう一度墓石を見詰めた。

「あなた……」

お登勢との間に子を生《な》す暇もないほど、昼夜駆け込み人のために尽力し、病を押して勤めたことが命取りになった短い夫の一生を思い起こす時、お登勢は、託された橘屋の務めを全《まつと》うしなければという強い気持ちになるのであった。

毎年のことだが、お登勢は今日も万寿院から呼び出しを受け、慶光寺の方丈《ほうじよう》を訪ねている。

そこで万寿院に三両の香料を賜《たまわ》った。

前日には、築地《つきじ》の『浴恩園《よくおんえん》』に隠居している楽翁《らくおう》、もと幕閣の長《おさ》であった松平定信《まつだいらさだのぶ》からも三両の香料が届けられていた。

万寿院は、大奥にあがる前は、白河《しらかわ》藩江戸上屋敷の奥に勤めていた人で、その縁もあって、楽翁はずっと慶光寺と橘屋を陰から援護補佐してくれているが、その二人から亡き夫に毎年多額の香料を賜っているのである。

「懇《ねんご》ろにお経をあげていただくように……」

万寿院から、毎年頂く言葉である。亡くなった夫も、男冥利《みょうり》に尽きるというものである。

だが今年の万寿院は、いつもの言葉の後に、

「橘屋のことを考えますと、お登勢もずっと再縁を拒むわけにも参るまいぞ。徳兵衛殿もあの世でそれを心配しておられる」

などと申された。

「万寿院様」

お登勢は驚いて顔を上げて、苦笑した。

万寿院は、尼僧の広い衣の袖を口元にあてて微笑すると、じっとお登勢を見詰めてきた。

「どなたか、心に留め置くお方がいるのではありませんか」

「いえ……」

「女の身で橘屋を守るのは大変なことです。できるならば再縁して、可愛いお子をわたくしに抱かせて下さい。そなたの母は、私が大奥にお部屋を賜りました時から、先代上様がお隠れあそばす日まで、私の傍で仕えてくれた人です。ですからなおさら……」

「お心にかけていただき恐れ入ります」

お登勢は平伏して答えたが、正直、万寿院の言葉にはどきりとしたものがあった。

十四郎に対する心の揺れを、万寿院には知られていたのかもしれない。

お登勢は、この二年近くの心の移ろいを目まぐるしく思い起こしながら、墓地を後にした。

ただ一つ言えるのは、徳兵衛から託された今の仕事に全力で立ち向かっていくという気持ちに変わりはないということである。いや、むしろ、年々その信念は強くなっている。

――見果てぬ夢を追うよりも、やらねばならぬ責務がある。

墓地を出て本堂に向かおうとしたお登勢を目掛けて、寺の小僧が走ってきた。

「お登勢様。門前にお登勢様をお待ちの方が」

「どなたでしょう」

「参道の石段の下でお待ちです」

と、小僧は言う。

今日の墓参には、お登勢は一人でやってきていた。こんなところで自分を待っている人とは誰かと思った。

はたして、小僧と一緒に参道の石段下に向かうが、それらしい人も見えず、

「あれ、おかしいな」

小僧は困った顔をして、お登勢を見た。

瞬く間に、お登勢は緊張に包まれた。

橘屋の御用は、寺に駆け込んできた女たちを救うことにある。

離縁に手を貸し、あるいは女が抱える事件の解決をしたりで、御法では欠け落ちている女の立場を守ることを第一とするために、反面では恨みを買う危険な仕

事だった。

「いつ、どこで、誰に、どのようにして逆恨《さかうら》みの刃を振るわれるか知れたものではありません。お一人でお出かけの折には必ず懐剣はご持参下さいませ」

藤七は常々言い、お登勢が一人で外出する折には、懐剣の携帯を促すのであった。

橘屋は、幕府の御用の一端を預かっている訳で、お登勢も藤七も刀の携帯は許可されていた。

今日も心配性の藤七に懐剣を持参させられたが、

——しかし、まさか……。

と思うのであった。

だが、お登勢の懸念は、雲慶寺を出て新堀川《しんぼりがわ》に沿って南に下り始めてまもなく、阿部川町に差しかかったところで確かなものとなった。

畑焼きの後の黒々とした農地が点在する道に、大きな楠《くすのき》が植わっているが、その横を通りすぎようとした時だった。

日は暮れ始めて人通りも絶え、楠ばかりが黒々と青黒い空に向かって立っているのが見えるその幹の陰から、突然黒い塊が現れて、背後から体当たりしてきたと思ったら、恐ろしい力でそのままお登勢を後ろからひっ抱えて、川岸に突っ走っていく。

——川に落とされる。

戦慄が走った。

「放しなさい」

お登勢は気丈にも叫びながら懐剣を引き抜いた。

力を込めて、右脇下から背後に向かって、黒い塊に一刀を突いた。

刀は空を斬ったようだった。だが、びっくりしたのか、黒い塊はお登勢から手を放した。

「誰です」

転がり落ちたお登勢が起き上がって立った時、黒い塊は、川上の薄闇に忽然《こつぜん》と消えたのである。

墓参帰りの出来事は、十四郎をすっかり頼りきって油断していたお登勢の心に緊張をもたらした。

間一髪で助かったものの、思い出してもぞっとする出来事だった。

墓参の供をするという藤七の心配りを退けて、その結果招いた失態を藤七に話せば、それみたことかと諫《いさ》められる。

お登勢は、まだ誰にも話せず逡巡していた。全く相手が見えない以上、万が一人違いで襲われたということも考えられたからである。

思案に耽るお登勢を我に返らせたのは、橘屋の玄関脇で激しく吠えるごん太の声だった。

——万吉は何をしているのかしら。

苛立って立ち上がった途端、ごん太の声が、何かに立ち向かっていく凄まじい唸り声に変わった。

「万吉！」

険しい声を上げ、お登勢が表に出てみると、六尺近い筋骨逞《たくま》しい初老の男とごん太が睨み合っていた。

男の手には木刀が握られていて、その袖は食い千切られ、手首には傷を負っていた。

ごん太は……と忙しくごん太を見ると、大男に殴打されたのだろう右後ろ足から血が滴《したた》り落ちて、足を引き摺《ず》っていた。

離れたところで、蒼白な顔をして声も出せなくなった万吉が突っ立っていた。

「ごん太、おやめ」

お登勢は、まずごん太を一喝した。

ごん太は悲しげな縋るような裏声でお登勢に訴えたが、すぐにまた大男の方にきっと向くと、牙を剝いて唸り声を上げた。

「万吉、駄目じゃないの。早く連れていきなさい」

「ごん太は悪くないよ」

万吉が我に返ったように叫んだ。

「悪いのはその人だ」

「なんだと……こんな狂犬を放し飼いにして、ぼうず、もう一遍言ってみろ」

「だってそうじゃないか、おじさんが家の中を覗こうとしたから、ごん太が吠えたんじゃないか。そしたらおじさんは、いきなりその棒でごん太を殴ったんだ。おいらが証人だぞ」

万吉は両足を踏ん張った。

「万吉。どうあれ、なぜごん太の縄を外していたのです。早く向こうへ連れていきなさい」

お登勢の剣幕に、さすがの万吉もしゅんとして、まだ怒りの収まりそうもないごん太の首輪を引っ張って裏庭に消えた。

「本当に申し訳ありません。どうぞ中にお入り下さいませ。その傷の手当てをさせていただきます」

「傷の手当てだと……犬は嚙みついたんだ。ど素人の手当てなど……後で妙な病気にでもなったらどうしてくれるんだい」

「お腹立ちは重々、そちら様の気の済むようにさせていただきます」

「そうかい。だったら、慰撫《いぶ》料でもいただきましょうか」

「慰撫料」

「こんな傷でおさまったからよかったものの、一つ間違えば、俺の命もあったかどうか」

「分かりました。それではこれで……」

お登勢はすばやく一両を出して懐紙に載せて差し出した。

「ふん。けちな宿だぜ……女を縁切りさせて、たっぷり稼いでいるんじゃあなかったのかい」

大男は、掌の上で一両をお手玉のようにしてみせて、ぎろりと見た。

「あなた様はいったい、どちら様でございましょうか」

「どちらもこちらも、そんなこたあどうでもいいんだ。もう一両出しな。それで勘弁してやらあ」

「……………」

「それとも何かい、えらそうに、女を救うのなんのと善人面するくせに、通行人に怪我をさせても平気だっていうのかい。そういうことなら、この江戸中に三日も経たねえうちに、橋屋っていうのは、やってるこたあ表と裏では大違いだって、言い触らしてやってもいいんだぜ」

「なるほどそういうことでございますか。そちら様も、そこまでおっしゃるのなら、どうぞ、住まいとお名前をお聞かせ下さいませ」

「つべこべ言うんじゃねえって。出すのか出さねえのか、どっちだい……いててて」

大男は腕をまくり上げる仕草をして凄んだかと思ったら、これ見よがしに傷口を触ってみせたりするのであった。

「お登勢様」

外から帰ってきた藤七が、首を横に振った。こんな男に関わるなと、お登勢に視線を送ってきたのである。

二

「それで、おいらとごん太は、さんざんお登勢様と番頭さんに叱られたんだ。二度とこのようなことがあったら、お前もごん太も、よそにやるって……」

万吉は、唇を噛んで俯いた。

「そうか、それでごん太を連れてこなかったのか」

十四郎は万吉の顔を覗き見た。

「ごん太は、あいつのために動けなくなったんだ。座っていても怪我をした足をぶるぶる震わせて……ずっとだよ。傷の手当てをしてやったけど、治るかどうか」

万吉は涙声でそこまで言うと、二の腕を目に当ててぎゅっとこすった。

「ひどいよ。悪いのはあいつなんだ」

こすってもこすっても涙は後から後から吹き出してくるようである。

「ふむ……」

十四郎は溜め息をついた。

万吉が十四郎の長屋に走ってきたのは七ツ（午後四時）過ぎ、半刻《はんとき》（一時間）も前だった。

橋屋からの呼び出しかと思っていたら、

「十四郎様、おいら、おいら」

と万吉は、三和土《たたき》に突っ立って、目に涙の滴《しずく》を膨らませている。

上に招きあげて事情を聞いてみると、昼過ぎに起こった騒動を十四郎に訴えたい一心で、お登勢の目を盗んで駆けてきたのだと言ったのである。

「しかしだ、ごん太を放していたのはまずかったな」

十四郎は、静かに言った。

「だって……今までだって、ずっとそうしてきたんだよ。でも、あいつは誰にも吠えたり嚙みついたりしたことはないんだ。十四郎様だって、ごん太がどんなに賢い犬か知ってるだろ」

橋屋で形勢の悪かった万吉は、せめて十四郎の同意を取りつけたいようだった。

確かにごん太は、万吉の言う通り賢い犬である。

ごん太は猿面の男の旅芸人、寅次《とらじ》の相棒だった犬だが、ある事件の生き証人だった。

そればかりかごん太は、事件に巻き込まれて殺された寅次の敵を討つために、その敵のところにお登勢を導き、事件解決に犬知恵を発揮している。

また、主の寅次の命が危ないと知った時、ごん太は寅次の傍につきっきりで見守っていたし、寅次が死ぬと食事も口にせず寅次の墓を守ったり、お登勢が悪人に襲われた時に、十四郎に知らせに来たのもごん太だった。

ごん太がいなくては、あの事件は解決できなかったと、十四郎は今でも思っている。

ごん太は、賢くて、しかも人間以上に恩も義理も情もある犬だった。

事件が解決し、主を失ったごん太を橋屋の飼い犬にしたのは、お登勢だった。

誰よりも万吉に懐《なつ》いていたごん太を、万吉に世話をさせれば、孤児《みなしご》の万吉の気も晴れるだろうというお登勢の計らいだったのである。

以後、ごん太は、万吉が橋屋の言伝を十四郎に伝えにくる時には、一緒に十四郎の長屋まで駆けてきていた。

万吉にとってごん太は、兄とも弟ともいえる存在になっている。

賢く従順なごん太が、理由もなしに人に嚙みついたことなど一度もなかったのである。

「しかし、今まではそうでも、こたびは嚙みついた」

十四郎は万吉を説得するような口調で言った。

「だからそれは、あのおじさんが家の中を覗き込んでいたからじゃないか」

万吉は言い返した。

「お前の気持ちは分かるが、嚙みついたんだろ」

「……」

「ごん太の世話はお前の役目、ごん太をしつけるのもお前の役目。どんな理由を並べ立てても、お前の責任だ。そうだな」

「……」

「お登勢殿や番頭さんの言うことを素直に聞いて、これから二度と間違いのないようにすることだ」

「間違いなんかじゃねえ」

万吉は、またきっと睨んできた。

抑え切れない憤りのためか、小さな胸が激しく波を打ち、見るからに苦しげである。

「万吉、考えてもみろ。家を覗いていただけで、犬に嚙みつかれたらたまったものではないぞ」

「あいつは、お登勢様を狙っていたんだ」

「何、お登勢殿を狙っている？」

「おいらは後になって思い出したんだけど、あいつがお登勢様の後を尾けていたのを、おいらは見ている。あいつは、お登勢様の命を狙っているに違いないんだ」

「まことか」

「嘘なもんか」

「よし、分かった。万吉、詳しく順序だてて話してみろ」

お登勢の背中は弓のようにしなやかで、しかも腰には程のよいみのりがあった。

十四郎は背後からお登勢が歩いていく後ろ姿をながめながら、近寄り難い凜《りん》とした色気に包まれている女だと改めて思う。

「ふむ……」

十四郎はお登勢の後を尾けながら、つい、よからぬ妄想に耽ってしまって苦笑した。

そのお登勢は、十四郎がそんな不謹慎なことを考えているなどとは露知らず、昼過ぎに橘屋を一人で出ると、隅田川べりに出て、新大橋を渡り、左手に武家地を見て北に向かい両国橋に出た。

むろん、格別の用事があって表に出た訳ではない。

十四郎が万吉の話を伝えると、お登勢はちょっとびっくりした顔をしたが、実は数日前、夫の墓参りをした帰りに襲われたのだと言い出したのである。

相手の顔も風体も薄暮に紛れて定かではなかったが、万吉の話が本当なら、あの大男と、自分を襲った者とは体格骨格が符合するなどとお登勢は言って、不安の色をのぞかせた。

とはいえ、昨日ごん太のことで言葉も交わした大男は、お登勢には全く見覚えがなかったのである。

そこでお登勢は気丈にも、自分が囮《おとり》になるなどと言い出した。

「危険すぎる。もしものことがあったらどうするんだ」

「十四郎様がいて下されば、私は平気」

などと見詰めてくる。

「はっきりさせなければ気持ちが悪いじゃありませんか」

「うむ」

「このままですと私、気軽に外出もできないではありませんか」

お登勢の意思は固かった。

それで話は決まったのだが、今前を行くお登勢には、囮だという気色《けしき》は少しも窺えないのである。

両国橋の袂からは藤七の姿も往来の人の中に見えた。

主が襲われるかもしれないと知った藤七は、緊張した面持ちでお登勢の姿を追っているが、当のお登勢は、ごく自然に、あっちの店を覗いたり、こっちの店を冷やかしたりしながら平然と歩いていくのだった。

――たいした度胸だ。

十四郎は、人込みの中に入ったお登勢の周囲に鋭い視線を走らせながら、お登勢の肝っ玉に舌を巻いていた。

お登勢は、柳原通りに道を取った。

右手に土手を眺めながら、風呂敷包みを抱えてお登勢は行く。

右手の土手には柳の木の並木が続いているが、柳はようやく固い芽が殻を脱ぎ始めたばかりのようで、遠目にはまだ枝ばかりが垂れているように見えた。

はたして、お登勢が和泉《いずみ》橋に差し掛かった時だった。

ぬっと土手から現れた男がいた。大男だった。

大男は、あっという間に土手を駆け下りてきて、お登勢の前に立ちはだかった。

「橋屋のお登勢、今日はとっくりつき合ってもらうぜ」

「やはりあなたでしたか。誘いに乗りましたね」

「何……」

「一度ならず、こうして私をつけ狙うからには訳がおありでしょう。あなたは一体誰。私に恨みでもあるのですか」

「胸に手をあてて考えてみな」

「さて、心当たりはございませんが」

「お前さんのお陰で、どれほどの男たちが理不尽な目に遭っているか、考えたことがあるのかい」

「どなたのことです。名前をおっしゃい」

「うるせえ、来い」

大男は、いきなり飛びかかってきた。

「お登勢様」

藤七が大男の前に身を投げ出した。刹那、藤七は大男の体当たりをまともに受けて、ふっ飛んだ。

「藤七」

お登勢が藤七に駆け寄った。

「こんどはおめえだ」

大男は、藤七を抱き起こしたお登勢に向いた。

「待て」

走り込んだ十四郎が、お登勢の前に立ちはだかった。

「邪魔をするな」

大男は、どしんどしんとしこを踏むようにして押し寄せると、太い腕を鷲《わし》のように広げ、覆いかぶさるように襲ってきた。

十四郎は、大男が振り下ろしてきた太い腕を躱し、大男の足を蹴り払った。

大男は、米俵でも落ちたような鈍く重たい音を立て、そこに倒れた。だが直ぐに立ち上がると、

「うおー」

雄叫びをあげて、十四郎に突進してきた。

十四郎は摑み合うと見せて、またひょいと体を躱す。

――力ずくでは勝てぬ。

と十四郎は考えている。

しかし大男も、やみくもに飛び込んでくるのを止めた。少しずつ間合いを詰めてきた。

互いの距離が三尺になった時、十四郎の方から踏み込んだ。

大男はまた鷲のように両手を広げて、十四郎の肩を摑もうとした。

だが一瞬早く、十四郎は大男の懐に飛び込んで、みぞおちに拳を打った。

「うっ……」

大男が蹲《うずくま》った。十四郎は、すかさずその手首を後ろ手に捩じ上げた。

「いててて。放せ、放しやがれ」

「名を名乗れ。この腕を折るぞ」

「分かった、分かったから放してくれ」

男は柄にもなく悲鳴を上げた。

「名は」

「た、為三《ためぞう》だ」

「何のための襲撃か」

「旦那、その腕を……」

苦しげな表情をみせる為三の腕を、十四郎は緩めた。

途端、大男は十四郎を突き飛ばして、南に広がる町屋の通りに消えていった。

——しまった。

と思ったが、

「十四郎様、尾《つ》けてみます。お任せ下さい」

藤七は足を引きずりながら、為三が消えた町筋に駆けていった。

「為三だと名乗ったが、覚えは……」

振り返ってお登勢に聞いた。

「ありません。でもこれで、縁切りをされたご亭主に関わりある者だということは分かりました。宿に戻りましたら、さっそく、慶光寺で修行している人たちや、三ツ屋の人たちに心当たりはないか聞いてみます」

三

しかしお登勢の期待は空振りに終わった。

現在、慶光寺内で修行している女たちは全部で十五人、その内訳は上臈《じょうろう》格が二人、御茶の間《おちゃのま》格が五人、御半下《おはした》格が八人いる訳だが、いずれの女たちも、為三という名に聞き覚えはないと言ったのである。

修行している女たちに階級があるのは、寺に入る時の上納金の多寡《たか》による。扶持金とも言っているが、一番上級格の上臈は三十両を納めて入った者、その下の御茶の間で十五両、御半下になるとぐっと少なくて三両の金を納める。

修行期間は二年間だが、その間の生活全般に階級は関係し、たとえば寺で課せられる労役にも違いがあるし、与えられる物品や待遇にも違いがあった。

寺の女たちを調べたのは、金五と万寿院の傍に仕える尼僧だった。

一方、三ツ屋の女たちは、お登勢と十四郎が調べた訳だが、こちらはみな、寺での修行を終えて離縁も叶った者たちである。

そもそも三ツ屋は、お登勢が成した店であって、離縁するために寺に入りたくても御半下格の三両の金さえ持ち合わせていなかった女たち、あるいは、取り調べ中の宿代が捻出できなかった者などに橘屋は金を融通してやる訳だが、この金を、離縁が叶った後で返金するために女たちは三ツ屋で働いているのである。

また、離縁は叶ったが、その後の道がまだ定まっていない者も三ツ屋で働いていた。

現在三ツ屋には、帳簿を預かるお松《まつ》を入れて総勢八人が働いている。だがこの八人の中にも、為三などという男に心当たりのいる者はいなかったのである。

「こうなったら、過去に遡《さかのぼ》って、この帳簿で調べてみるほかはあるまいな」

金五は、慶光寺の寺務所の中の、棚から取り出してきた駆け込み人控えの帳簿の埃《ほこり》を払いながら、十四郎とお登勢に言った。

「しかし厄介なことになったな」

金五は呟いた。

「愚痴を言っても始まらぬ。手分けして調べよう」

十四郎が言った時、

「ただいま、戻りました」

藤七が入ってきた。

「分かったか」

金五がせっつくように聞く。

「はい」

「さすがだな」

金五はにやりとして、十四郎とお登勢に視線を投げてきた。

「話してくれ。こっちも、修行中の者や三ツ屋の者たちに当たってみたのだが、いずれの女たちも知らないというのだからな」

「近藤様、誰につながる人物なのかはまだ……」

「そうか」

「ですが、どういう過去を持つ人間なのかは分かりました」

「よし、聞こう」

「為三は昔、為左衛門《ためざえもん》と名乗っていたそうです」

「為左衛門……」

「はい。相撲取りだったようです」

「相撲取りだと……思い出したぞ。昔、為右衛門《ためえもん》という名の相撲取りがいたな。四股名《しこな》は雷電《らいでん》、名は為右衛門だ」

「そうです。為左衛門は為右衛門の兄弟子だったそうです。四股名は天狗舞《てんぐまい》と名乗っていたそうです」

「天狗舞」

「はい。大物食いの天狗舞と呼ばれ、ずいぶん人気を博した時期もあったようですが、十年前に江戸払《ばら》いになったようです。むろん相撲界からも追放されて」

「それが、江戸に舞い戻ったということだな」

「はい。で、今は、昔天狗舞の贔屓《ひいき》筋だった『遠州《えんしゆう》屋』の世話になっているようです」

「遠州屋……」

「枡酒《ますざけ》屋の遠州屋です」

「小売り酒屋か」

「小売り酒屋ではありますが、遠州屋の店は姉妹店が四、五軒はあるらしく、結構な羽振りです。為三は松田町《まつだちよう》にある遠州屋の本店の裏店に仮住まいをしておりました」

柳原通りでお登勢を襲った為三は、居酒屋で一刻近くも酒を飲み、松田町の裏店に帰っていった。

家主が遠州屋だと聞いた藤七は、隣町に住む大家の甚兵衛《じんべえ》という男に、為三について聞いてみた。

甚兵衛は父が亡くなり、大家の仕事を引き継いだばかりでまだ若く、昔のことはよく知らないと言いながらも、為三を預かった経緯を話してくれたのである。

甚兵衛の話によれば、為三は職もなくふらふらしている男だが、家賃は遠州屋が払っており、日々の入用も遠州屋が渡しているようだと言った。

「すると、当然独り者だな」

藤七の話を聞いて十四郎が言った。

「はい」

「縁者は」

「もともと相撲取りになる時に、尾張《おわり》から出てきた者のようですから、江戸には縁者はいないのではないかと……」

「ふーむ。お登勢殿。縁切りの仕事だが、近年、いや、この十年で尾張出身の者の縁切りを扱ったことがあるのか」

「記憶にございません。亡くなった夫が手がけていれば別ですが」

なにしろお登勢は、夫が生きていた頃、縁切りの仕事の内容など聞かされてはいなかったのだ。

寺役人の金五も、お登勢の夫が亡くなった後に前任者から引き継いでいて、昔の縁切り話については、古い帳簿に頼るしかないのである。

「古い話を一つ一つ当たるしか方法はあるまいな。お登勢は当分の間、外出を控えろ」

金五は、厳しい顔でお登勢に言った。


奉行所の正門から玄関の式台までは、六尺幅の青板の敷石が施してあり、その両脇には黒々とした那智黒《なちぐろ》の玉砂利が敷き詰めてあった。

敷石の青さ、玉砂利の黒さが水に濡れていっそう際立って見えるのは、奉行所の小者《こもの》たちが常に磨きに磨いて、打ち水をしている賜物《たまもの》だと思われた。

十四郎はその石畳を踏んで、玄関で威儀を正して来客の取り次ぎにあたっている中番《なかばん》に、松波孫一郎の名を告げた。

「松波様は、ただいま吟味中にて詮議所でございますが、まもなく参られます。暫時お待ちを」

中番は丁寧な物言いで十四郎に告げた。

「そうか、では少し待たせてもらおうか」

などと言っているところに、足音も軽やかに、松波が顔を出した。

「塙さん、こちらへ」

「よろしいのですか。いや、実は少し調べていただきたいことがございまして」

十四郎は中番に聞こえぬように、小声で告げた。

「承知しました」

松波は頷くと、玄関左手にある例繰方《れいくりかた》の詰所に案内した。

「久保田《くぼた》さん、こちらの御仁は、慶光寺の駆け込み人の調べをしている塙殿です。手数ですが、十年前に江戸払いになった相撲取りの天狗舞の事件の記録を出してもらえませんか」

長机で筆記していた同心に告げると、久保田と呼ばれた同心はすぐに「はい」と言い、書類棚に立っていった。

外部の者は立ち入れない場所だが、橘屋が慶光寺の御用を務めるということもあったのか、また、与力の花形吟味方の松波の顔もあったのか、詰所にいる役人は、さして気にも留めずに、静かに帳簿をめくったり書き物をしたりしていた。

部屋の片隅から珍しそうに眺めている十四郎に、松波は、ここは罪人囚人の記録所で、また、吟味方与力によって罪を認めた囚人の口書爪印《くちがきつめいん》をもとに先例の御《お》仕置裁許帳《しおきさいきょちょう》に照らしてお奉行に提出する書類をつくるところですと説明した。

「お登勢殿も一度参られた」

「お登勢殿も」

「後でたいへんでしたよ。お登勢殿のことを根掘り葉掘り聞かれましてな」

松波は頭を掻いた。

「ここはむさ苦しい男ばかりですから、そこへ美しくて若い宿の女将が立ち寄ったものだから、返事に困りましたよ、あの時は」

松波はまんざらでもない顔をして笑った。

間を置かずして、久保田という同心が、一冊の帳面を持って引き返してきた。

松波は途端に吟味方与力の顔になって、静かに帳面をめくっていたが、ぱたりと閉じると、

「久保田さん」

久保田に帳面を渡してから、十四郎に向いた。

「まず、天狗舞が江戸払いになったのは、酔った勢いで他家に押し入って主を殴り大怪我をさせたのが原因とあります。生涯追放ということでしたが、先年上様

は厄年払いをなされました。その時に恩赦がありまして、それで御恩恵を受けています」

「なるほど……ところで、天狗舞が相手を傷つけた理由というのは、分かりましたか」

「当時天狗舞には女房子供がおりましたが、子供の喧嘩相手の家に殴りこみをかけ、傷を負わせています」

「家族がいたのですか」

「尾張の国から江戸に出てきた時に、すでに妻子連れだったのです。二十六歳で淀《よど》ケ嶽《たけ》部屋に入門して、二段目《にだんめ》付けで土俵に上がったのが始まりです。入幕したのが三十を過ぎてますが、関脇《せきわけ》で停滞していた頃に事件を起こして、相撲界からも追放されたと記録にはありましたな」

「ふむ……その女房と子供ですが、天狗舞が追放されてからどうしているのか、それは分かりませんか」

「そこまでは……女房の名はおかよ。で、子の名は一助《いちすけ》とありました」

「おかよと一助ですか」

「女房の方は、生きていれば今年で四十五歳。息子の一助は二十五歳になっている筈です」

「当時の天狗舞の家族の住家は」

「横網町《よこあみちょう》の裏店です。傷つけた相手も同じ町内の表店で八百屋をしていた滝蔵《たきぞう》という男です」

「分かりました。お手数をかけました」

十四郎は、詮議所の同心が松波を呼びにきたところで腰を上げた。

玄関から出て青板の石畳を踏んで門に向かっていると、

「塙さん」

松波が追いかけてきた。

「ひとつ忘れていました。天狗舞が身を寄せているという遠州屋のことですが、近頃はとかくの噂があるようですよ」

「とかくの噂」

「姉妹店を出すのに躍起になっているようですが、目当ての店に内々に金を貸して店を乗っ取る形で新しい店を増やしているという噂です。こちらは叩けば埃《ほこり》が出るかもしれません。まあ、何かありましたら、お報せ下さい」

松波は言った。

十四郎は奉行所を出ると、横網町に足を向けた。

なぜ、天狗舞が人を傷つけたのか、また、妻子のその後の消息も知りたかったからである。

はたして、天狗舞が傷つけたという滝蔵の八百屋は、松波から聞いた表長屋に小さな店を出していた。

滝蔵は隠居していたが、息子の松蔵《まつぞう》が女房と店をやっていた。

十四郎が天狗舞の話を持ち出すと、松蔵は顔を曇らせて、店を女房に頼むと、前垂れを外して奥の茶の間に十四郎を招き入れた。

「あなた様はいったい、天狗舞とはどういう関係のお人でございますか」

松蔵は不安げな顔をして聞いてきた。

十四郎は名を名乗り、天狗舞に橘屋のお登勢が襲われたことを告げ、襲われた理由を知るために天狗舞の過去を調べているのだと話すと、松蔵はほっとした表情を見せた。

松蔵は、またぞろ天狗舞が自分たちを恨み、店に殴り込みでもかけてくるのではないかと心配したらしい。だが松蔵は、

「あの事件は、忘れられやせん。今考えると、あっしにも責任の一端があったと思っておりやす。いえ、当時はあっしも子供でしたから、そんな思いに至ることはございやせんでしたが」

と、意外なことを言ったのである。

天狗舞が現れるのを恐れながらも、一方では天狗舞に対してすまない気持ちもあるようだった。

「差し支えなかったら、話してくれぬか。いや、是非にも話してくれ。こちらの事情は話した通りだ」

十四郎は松蔵をじっと見た。

「あっしは、なぜ、橘屋の女将さんを天狗舞が襲ったのかは知りやせんが、うちの場合は、もとはといえば、子供同士の喧嘩が原因でございやす。天狗舞の息子をあっしがからかって泣かせてしまって、それで……」

「何、そんなことであの男は、人を傷つけるのか」

松蔵は苦笑して、

「あっしと天狗舞の息子の一助とは幼馴染みで、一番の仲良しだったのでございやすよ」

松蔵の話によれば、当時、松蔵と一助は竹とんぼ作りに夢中だった。遠くまで飛ばした者が勝ちで、勝った者が相手が持っている竹とんぼを一つ貰えるというきまりだった。

一助は父親に似て、図体《ずうたい》は大きかったが、細工物は下手だった。いつも松蔵が勝負に勝って、一助の竹とんぼを取り上げていた。ところがある日、一助の竹とんぼが勝ったことがある。

一助は松蔵が一番大切にしていた『おおわし』と名づけていた竹とんぼを取り上げてしまったのである。

松蔵は、大切にしている竹とんぼを渡すことになった悔しさもさることながら、いつも勝っている相手に負けたことが許せなかった。

「ふん。たまに勝っていばるんじゃねえや。それじゃあまるで、お前のとっつぁんじゃねえか」

皮肉たっぷりに言ったのである。

その頃の天狗舞は四十過ぎで、関脇になって久しかったが、出世もそこまでで、目立った活躍はしていなかった。

ときたま、目覚めたように大関や横綱を倒したが、何場所も黒星続きだったのである。

相撲取りになりたくて入門する年齢は、若い者で十七歳ほどだったが、天狗舞の場合二十も半ばで入門している。

むろん、中には三十近くになって入門し、横綱にまで駆け上がる力士もいるにはいるが、天狗舞の場合、幕内力士になるまでの道程も遠かったし、やっと関脇になったと思ったら、年齢的に厳しいところまで来ていたのである。

松蔵はそういう話を、大人が話しているのを聞きかじって知っていた。陰でいくら井戸端話に出ていたとしても、子供とはいえ、天狗舞の息子に直接言うべき言葉ではなかった。

案の定、一助は、

「おとっつぁんの悪口を言ったな」

猛然と松蔵に殴りかかってきたのである。

二人はつかみ合いの喧嘩になった。力では一助に敵《かな》わない松蔵は組み伏せられて泣いた。

ところがちょうどそこに松蔵の父親の滝蔵が通りかかって、一助の頭を殴ったのである。

図体が大きいとはいえまだ子供、一助は泣きながら家に帰った。

天狗舞が乗り込んできたのは、その晩だった。

「それで、天狗舞はおとっつぁんの腕を折って江戸払いになりやして……」

「……」

「父親が江戸払いとなってまもなく、一助とおっかさんは引っ越していきやした。ですから、後の消息は知りやせん」

松蔵は、太い溜め息をついたのである。

四

「その、天狗舞のお子は、一助さんというのですね」

お登勢は驚いて聞いた。

「そうだ。心当たりがあるのか」

十四郎は、お登勢を、そして金五を見た。

「お登勢、お袖《そで》の亭主は一助だったな」

金五が険しい顔で言った。

「お袖……三ツ屋にいるお袖か」

「そうだ。昨年の秋に二年の修行を終えて離縁が叶って寺を出たが、入寺の時にお登勢が費用を負担してやっていた。それで三ツ屋で働いている女だ」

金五の話によれば、まだ十四郎が橘屋の雇われ人になる以前、二年半前にお袖は寺に駆け込んでいた。

駆け込みの理由は、一助が外に女をつくったことだった。

当時一助とお袖は、京橋《きょうばし》近くの常盤町《ときわちょう》で搗米《つきごめ》屋の店を出して、結構繁盛していたが、一助に女ができ、その女がたびたび店に現れるようになって、お袖は我慢がならずに慶光寺に駆け込んできたのであった。

「一助の店は『尾張屋』というのだが、暮れに一度店に立ち寄った時には、搗米屋を廃業して、一助は町から姿を消していたのだ」

金五は思案の顔を向けた。

「その後の行方は」

「いや、そこまでは、こちらも関知しないからな」

「しかし、おかしいな。三ツ屋の女たちひとりひとりに確かめた時、お袖にも聞いているが、お袖は為三などという名は知らぬと言っていたぞ」

「一助が話していなかったのかもしれぬ。お袖はいまさらだ。知っていれば知っていると言っただろう」

「一助の母親は生きているのか」

十四郎はお登勢に聞いた。

「いえ、お袖さんからは、一助さんの母親は、二人が一緒になってすぐに亡くなったと聞いています。おかよさんという名の人だったようですが、一助さんが店を持てたのは、おかよさんが息子のためにと身を粉《こ》にして働いて貯めたお金で成ったのだと言ってました」

お登勢が言い終わるのを待って、金五が苦々しげに言った。

「せっかく軌道に乗った店を、それも母親の魂で開いた店を、気が緩んでしまったのか、一助は女に狂ってなにもかも失ったのだ。図体がでかいばかりで、まったく馬鹿な奴だと思っていたが……」

「すると、あの為三は、そういった事情は何も知らずに、息子を破滅させたのは橋屋だと逆恨《さかうら》みしているということか」

十四郎が呟いた時、

「十四郎様、お助け下さいませ」

三ツ屋の女中で、おさわという女が駆け込んできた。

おさわは店から駆けてきたらしく、十四郎たちがいる仏間の廊下に転げるように膝をついた。

「どうしました」

お登勢が走り寄る。

「お登勢様、見たこともない、お、大男が」

「店に来たのですか」

お登勢は、既に立ち上がっていた十四郎をきっと見て、またその目をおさわに戻し、

「それで？」

「お袖さんを出せだなんて言って、お松さんを人質にして二階に立て籠もっています」

「お袖はどうしている」

十四郎が歩み寄って、おさわに聞いた。

「ちょうどおつかいに出ていまして」

「よし、すぐに行く。お前は店の前でお袖が帰ってくるのを待ち受けろ。そして、

俺が合図するまで店には入るなとお袖に伝えろ」

十四郎は言い終わるや、

「金五」

金五を促して橘屋を駆け出した。

はたして、三ツ屋は騒然とした雰囲気に包まれていた。

女たちは機転を利かせて客には引き取ってもらったようだったが、人質になっているお松をのぞいて、階下で全員が青い顔をして集まっていた。

十四郎と金五が店に入ると、

「十四郎様」

「近藤様」

みな口々に叫んで、二人の周りに集まってきた。

「奴はどうしているのだ」

十四郎が指で上を指す。

「お袖さんは出かけているとお松さんが伝えましたら『お袖が帰ってきたら、すぐに連れてこい。それまで酒だ』と大きな声で……それで板前さんが、いまお酒を用意しています」

「よし。それは俺が持っていく」

十四郎は板前から酒を受け取ると、ゆっくり二階に上がっていった。

為三が立て籠もっている部屋は、いつも十四郎たちが利用している小座敷だった。

十四郎は小座敷の廊下に立つと、いきなり襖《ふすま》を開いた。

「おめえは」

為三は驚いて、傍に座っているお松の喉元に匕首を突きつけた。

「為三、いや天狗舞。一助の親父だな」

「そうだ」

「その人を放せ。乱暴なことをしなくても、話はできる」

「駄目だ。人の好い倅をひどい目に遭わせやがって。お前たちも、お袖という女もゆるせねえ」

「馬鹿な、逆恨みだということが分からんのか」

「どこが逆恨みなんだ」

「お前は、滝蔵を傷つけて江戸払いになっていたから、その後の女房子供のことは知らないのだろうが……」

「知ってるぜ。おかよがよ、倅に店を持たせて嫁をもらったと便りをくれたことがあるんだ。俺が便りをもらったのはそれっきりだが、だから江戸に舞い戻ってきたんじゃねえか。女房子供に会いてえって……そしたら、店はなくなってるし、おかよは亡くなってる。おまけに倅は女房に離縁されたと」

「原因はお前の倅だ。一助は外に女をつくったんだ」

「一助が女……そんな筈はねえ、あいつは、俺と違ってよくできたおとなしい人間だ」

「人の話も聞くものだ」

十四郎は一喝した。

「一助は、一緒に苦労して店をもり立ててきたお袖を捨てたのだ。そればかりか、母親のおかよ、つまりお前の女房が苦労して持たせてやった店も潰してしまったのだ……為三、親ばかもいいかげんにしろ」

「ちっ、そんなこと信じられるもんか。俺が遠州屋から聞いた話は違うぞ。お袖が店を駄目にしたんだって、そのお袖をかばって、倅と無理矢理離縁させたのが橘屋だって」

「お前は遠州屋に騙されているのではないか」

「そんな筈はねえ。俺は江戸払いになった時、遠州屋の旦那に後のことをお願《ねげ》えしてたんだ。お前と話をしても仕方がねえ。お袖を出せ。でないと、この女、どうなるか分からねえぜ」

ぐいっとお松の襟首を引き寄せた。

「やめて、放して下さい」

震える声でお松が言った。

「うるせえ」

為三が叫んだ時、階下がにわかにざわめいたと思ったら、

「待って下さい。お松さんを放して下さい」

お袖がかけ上がってきた。

「お袖です。一助さんのおとっつぁんですね」

お袖は気丈《きじょう》にも、ぐっと見て為三と向き合った。

「そうか、てめえがお袖か、こっちへ来い」

為三は唸るように言った。

どうやら二人が初対面なのは間違いないようだった。

為三の目は憎しみに燃え、今にも飛びかからんばかりの形相である。

だがお袖は、案外と落ちついていて、為三をなだめるように言ったのである。

「その前に、お松さんを放して下さい。皆様にご迷惑をかけるのはやめて下さい」

「へん、利いたふうな口、利くじゃねえか」

「私は、一助さんから、おとっつぁんは死んだと聞いていました。立派なお相撲さんだったと聞いていました」

「な、何だと……倅は、俺が死んだと、そう言ったのかい」

為三の総身から、みるみる力が抜けていくのが見てとれた。

「はい。家族思いの、いい父親だったと……」

「………」

お松を摑んでいた為三の手が緩んだ。

「それに、先ほどから下で聞いていましたが、遠州屋さんはおとっつぁんが考えているようなお人ではありません。一助さんに、女を押しつけたのは遠州屋さんです。私が知っている限り、遠州屋さんは私たちのお店からお米一粒も買ってくれたことはございません。それでも一助さんは、昔おとっつぁんが世話になった人だと言って、きちんと盆暮れのつけ届けをして、女の人のことも押しつけられるままに……」

「嘘じゃあねえだろうな」

「遠州屋さんに聞いてみて下さい。一助さんに確かめてみて下さい」

お袖は、敷居際に蹲って、泣き崩れた。為三の態度はお袖の目にあまりにも情けなく映ったに違いなかった。

「為三、お袖の言う通りだ。遠州屋がお前の倅のことを本当に心配してくれていたのなら、倅の居場所ぐらい知っているだろう。聞いてみろ。一助に会えばすべてが分かる。橋屋やお袖に非があったのかどうか」

「……」

為三は、呆然としてお松を放すと、そこにどたりと座ったのである。

為三は、回向院での三月場所相撲興行の触れ太鼓を、耳朶《じだ》に捉えながら、両国橋袂の石段に長い間座り続けていた。

江戸に戻ってきた為三を、誰一人振り向いた者もいなければ、声をかけてきた者もいなかった。

天狗舞こと為三は、もはやこの江戸では忘れ去られた過去の人だった。

あの遠州屋でさえ、為三が江戸帰参の挨拶に訪ねていった時、露骨に嫌な顔をしてみせたのである。

こうして触れ太鼓を聞くと、来《こ》し方の栄光と挫折の日々が、頭を過《よぎ》る。

——こんなことなら、江戸になんて出てこないで、尾張で車力《しゃりき》をして暮らしていたほうがよかったのではないか。

おかよも一助も、そのほうが幸せだったんじゃないか。妻子のために一旗あげたいなんて恰好のいいごたくを並べて生きてきたが、よくよく考えれば、すべて自分の出世欲のためではなかったのか。

そんなことを何度も何度も、頭の中で繰り返しているのであった。

為三は、もとは尾張の小百姓の次男坊だった。

わずかな土地は兄が継ぎ、為三は生まれながらにして、家の厄介者だったのである。

兄が嫁を貰うとすぐに、為三は車力になった。

子供の頃から体格がよく、力持ちだった為三が、車力になったのは自然といえば自然だった。

だが、おかよといういい女ができて一助が生まれた頃から、為三はこのまま車力で終わる人生などつまらないと考えるようになっていた。

村の寺社で行われる素人相撲に何度も優勝し、為三はひそかに相撲取りになろうかと考え始めていたのであった。

為三が人伝で聞いた話によれば、そもそも相撲は神代《かみよ》の時代、建御 雷 神《たけみかづちのかみ》と建御名方神《たけみなかたのかみ》による『国譲り』の相撲が始まりとされ、神聖なものである。

当代においては、技と名が上がれば、諸大名のお抱え力士にもなれると聞いているし、名だたる大商人が後ろ盾となれば、一生、栄耀栄華《えいようえいが》が望めると聞いている。

身分に関わりなく、大出世を遂げることができるのは、相撲の世界だけではあるまいか。

そんな事を考えていた為三に、ある大坂《おおさか》の商人から、大坂相撲をやってみないかと誘いがあった。

それで為三は、まだ幼子の一助と女房を連れて、大坂に出向くのだが、時代の風は江戸へ江戸へと靡《なび》いていて、もはや上方《かみがた》では大きな出世は叶わぬと知った為三は、今度は妻子を連れて江戸に出てきたのであった。

時に為三は二十六歳だった。

相撲界への入門は、早い者は十七、八ということもあるが、遅い者では三十近くになって入門する者もざらにいた。

当然、横綱が四十前後というのも珍しくない。

そう考えれば、為三には十分に時間があった。

ところが江戸に出てきてみると、為三の体は小さかった。

為三は背が五尺八寸（約一七六センチ）、目方は二十五貫（約九四キログラム）、他の者たちより遥かに見劣りしたのである。

強いと言われている関取たちは、六尺はあった。目方も三十六、七貫はある。

為三は、見栄えのよい体格作り、体力作りに専念したが、もって生まれた体の小ささという壁を打ち払うことはできなかった。

代わりに敏捷《びんしょう》な身のこなしを身につけた。

大物を倒す技倆《ぎりょう》派の力士としてもてはやされ、三十五歳の時、神がかりのような強さで優勝した時には、当時天狗舞の贔屓筋だった遠州屋ともども、綱取りに希望を託したが、一蹴《いっしゅう》されたのである。

しかし、天狗舞が出世できなかったのは、本人の技倆や力量というよりも、横綱という最高位の免許を与える権限が二分されていたことによる。

本来の京の五条家《ごじょう》と、相撲行司を鎌倉《かまくら》時代から務めていた吉田《よしだ》家の家元争いは、結局、天狗舞のような上方から来た者には不利に働いた。五条家の力が弱くなっていたからである。

横綱になる条件は、気魄、力量、技倆、見識、品位、安定感などを有していることとされていたが、実際は強力な後ろ盾があり、見栄えがよければ、いきなり大関に抜擢され、あるいは横綱になれるという不可解な世界でもあった。

横綱になった者は、土俵の上では絶対負けさせない仕組みにもなっていた。行司が時間切れにして、引き分けにするからである。

相撲界の裏を知った天狗舞は、すっかりやる気をなくしていた。

贔屓筋の遠州屋は、自分の乗った駕籠横に天狗舞を供としてはべらせて、しかも天狗舞には大きな酒樽を両手に一つずつ持たせて随行させるという大見得を切っていた。

当然、天狗舞はどこに出かけていっても注目の的で、付け届けにも女にも不自由しなかったが、これ以上の出世は望めないと知った頃から、天狗舞は酒に溺れていったのである。

倅の一助が、父親の天狗舞のふがいなさを友だちからからかわれ、天狗舞が倅の報復だと言って、殴りこんで刃傷沙汰を起こしたのは、そんな折だった。

しかし、浪々の身となって江戸より遠いはるかな土地で、力仕事を拾いながら生活してきた十年で、世の中は変わったし、為三の心も変わっていた。

なにより年老いた。

ご赦免《しゃめん》になった時、為三は、今度こそ、妻子のために生きようと、そう思ったのである。

後は死ぬのを待つだけの老いぼれだが、少なくとも倅のために尽くして死にたい。それが為三が辿り着いた境地だった。

ところが江戸に戻ってみると、為三の今後の生き方まで覆《くつがえ》すような現実が待ち受けていたのであった。

もとはといえば悪いのは自分である。

とはいっても、たった一つの生きがいだった倅の未来を奪っていった者を許せないと為三は考えた。

為三の胸の中で鬱屈《うっくつ》した怒りの矛先は、橘屋や嫁のお袖に向かっていったのであった。

ただ、お登勢やお袖に復讐心を持つようになった背景には、遠州屋の言葉が大いに影響したのは言うまでもない。

だが、お登勢に会い、今日またお袖に会って、為三は塙十四郎という武家の言う通り、どこかに釈然としないものを感じ始めていた。

そもそも為三が、遠州屋に一助のことを詳しく聞くことができなかったのは、自身が宿無しで世話になっていたからである。

――もう、あの長屋には帰るまい。

為三は顔を上げた。

――自分のこの目で調べ、一助を捜し出さなければ……。

そう思った。

「一助……」

為三は、立ち上がった。為三の顔にあった迷いは消えていた。薄闇を見詰める目が、鋭く、きらきらと輝いていた。

土俵の上で横綱を倒したあの頃の精悍な天狗舞の目に、少し戻ったようだった。

五

「一助さん？……ここにはおりませんよ」

おつたはにべもない返事を返してきた。

年の頃は二十歳を二つ三つ過ぎていると見受けられたが、立ち居振る舞いにも言葉にも退廃的な雰囲気がまとわりついている女だった。

おつたは、一助が入れあげていた女である。

行方の知れなかったおつたの所在を探ってやってきたのは藤七だった。

藤七は、一助の店に通いで来ていた米搗き男で、名を吉太郎《きちたろう》という男からおつたの居場所を聞き出してきたのである。

吉太郎は杵《きね》を持って一定の搗米屋を回って米を搗き、ひと臼《うす》二十五文の手間賃を貰って生活している男である。

米屋には足で踏む杵が店の土間に並んでいて、たいがいはその杵で客の用は足りるのだが、繁盛すればするほど、店の杵ではおっつかなくなる。

そういった時に、周りの搗米屋にひと臼いくらで米を搗いてもらう訳だが、お袖と一助の離縁に至る背景を調べていた頃、藤七は一助の店でたびたび吉太郎が仕事を請け負っていたのを覚えていた。

それを思い出して、あちらの米屋、こちらの米屋と回っているうちに、藤七はようやく吉太郎に巡り合い、一助の居場所を聞いてみた。

すると吉太郎は、一助の旦那の居場所は知らねえが、おつたという女の居場所は知っている。ひょっとして、そちらに一助さんはいるのかも知れないと言い、教えてくれたのが、大川《おおかわ》橋の袂にある花川戸町《はなかわどちょう》の裏長屋だった。

おつたは隣町の船宿に通いで勤めていて、昼過ぎまでは家にいた。

藤七はそれを見届けてから、藤七が訪ねてきたことで、ちょっとびっくりしたようだった。

おつたは、藤七が訪ねてきたことで、十四郎を案内してやってきたのである。

藤七は当時おつたが住んでいた隠れ家に訪ねていったことがある。浅草にある小綺麗な仕舞屋《しもたや》で、一助がおつたのために借りた家だったが、そこで藤七は、一助と別れてやってくれないかとおつたに頼んだことがあった。

するとその時おつたは、一生に一度と思えるような男と巡り合ったんだもの、別れることなどできませんよと、突っぱねたのであった。

その女が、あれからさして月日も過ぎてはいないのに、一助と別れて一人で暮らしているという。

「ずいぶんじゃないですか。あの時、あんた、なんて言いましたか。この人とは一生離れられないと、そう言っていたではありませんか」

珍しく藤七は、怒りを覗かせておつたに言った。

「過ぎたことですよ、もう……そんな昔の話を持ち出されても、迷惑ですよ」

「昔たって、あんた、ついこの間のことですよ。あんたのあの一言で、お袖さんは離縁を決心したんじゃありませんか」

「番頭さん、男と女の仲はね、そういうもんじゃないのかしらね。お互い今日は必要としても、明日は分からない。そういうもんでしょ。そんな男と女のいろはも知らないで、よくまあ、男と女のもめごとを扱ってるわね」

おつたは、へらへらと笑った。

「いつだ。一助と別れたのは」

十四郎がむっとした顔で聞くと、

「去年の秋だったかしらね」

おつたは、事も無げに言う。

「ふむ。すると、一助が無一文になったところで別れたのだな」

「旦那、男は金を持っていなくちゃ男じゃないでしょ」

「金の切れ目が縁の切れ目という訳か」

「まあね」

おつたは、くすくす笑った。

「では、一助はどこにいるのか知らないのだな」

「知りませんよ。店が潰れちまってさ、こちらの番頭さんも知ってる仕舞屋を追い出されてさ、ここに移ってきたんだけど、あの人しばらくごろごろしてましたよ。でも、出ていってもらったんですよあたし」

「冷たい人だ、あんたっていう人は」

藤七は吐き捨てるように言った。するとおつたは、きっと顔を向けて、

「関係ないね。愛情がなくなっただけじゃないか。そういう訳だから、帰っとくれよ……帰れ」

険のある声で怒鳴ったのである。

その時だった。

「何だね騒々しい……おや、あなたたちは、この女になんのご用でございますか」

腹の出た初老の男が入ってきた。男は丸顔で一見温和な顔に見えるのだが、目の配りに修羅場《しゅらば》を潜ってきた狡猾なものが見えた。

上物の着物に、大店の商人然とした威厳が窺えた。

「旦那、この人たちをおっぱらって下さいな。一助さんのこと、根掘り葉掘り聞かれて迷惑してたんですよ」

おつたが男の胸に飛びつくようにして鼻声を上げた。

「誰だね、あんたたちは」

男は突然険しい顔をして、十四郎を、そして藤七を睨んできた。

「深川にある慶光寺の御用宿の者だ」

十四郎が言った。

「ああ、橘屋の……あなたがたですか。為三に余計なことを入れ知恵してくれたのは」

「そうか、そういうお前は遠州屋だな」

「為三は昔の恩も忘れてしまって、私を非難するような口を利きましてね。長屋から出ていってしまいましたよ。倅の一助も一助なら、親の為三も為三です。あんな馬鹿な親子に手を差し伸べた私も馬鹿だったと後悔していますよ。そういう訳ですから、この女にもう二度とつまらぬ話を持ち込まないでもらいましょうか」

「遠州屋。お前が一助にこの女を近づけたのではなかったのか」

「ご冗談を……確かに私が一助を誘ったことがありました。柳橋の小料理屋でしたが、その時、この女が酌婦として参りまして、一も二もなく一助の方が熱をあげたのでございますよ」

「ほう……で、今はお前の囲い者か」

「いえいえ。一助のことで迷惑をかけましたからね。ほうってはおけなくて時々様子を見に来ているだけです。しかしまあ、商売柄とはいえ、橘屋さんも詮索好きな」

「何……」

「よろしいですかな。これ以上とやかくつきまとうようでしたら、こちらも黙ってはおりませんよ。ご存じかどうか、うちも商いが大きくなりましてね、不用心ですから腕の立つ者を揃えております。そういう訳でございますから、どうぞお引き取りを」

遠州屋は慇懃《いんぎん》無礼な物言いで、十四郎たちを追い出した。

「十四郎様、どうご覧になりましたか、あの男」

藤七がおつたの家を振り返って、十四郎に聞いてきた。

「情夫《いろ》だな、おつたの」

「はい。私もそのように……」

藤七は、いまいましげに頷いた。


「その、遠州屋のことだが」

松波は、お登勢が淹れた茶を啜った後、

「近頃、江戸の、それも集客力のよい場所に、次々と店を出しているのはご存じかと思いますが、あの男は、欲しいと思った所は非情な手段を使ってでも手に入れるという執着ぶりです。日本橋《にほんばし》の本船町《ほんふなちょう》にある店は、先年まで『矢代屋《やしろや》』という小料理屋だったし、鉄炮洲《てっぽうず》の稲荷《いなり》橋の袂にある店は、茶漬け屋の『菜《な》の花《はな》』だった。いずれの主も、女にはまった末に店が左前になり、遠州屋から借りていた金を返せなくなり、最後には店を取られたようですぞ」

松波は、十四郎を、そして金五を交互に見ながら、配下の同心に調べさせたのだと言った。

「すると松波様、一助さんのお店ですが、同じように遠州屋に」

お登勢が聞いた。

「その通りです。まだ店は一助がやっていた搗米屋のまま放ってありますが、改装しようとしていたところに、思いがけず為三が江戸に舞い戻ってきたということではないかと見ています。へたをすれば暴れかねませんからね、為三は。それで手つかずのままおいてあるようです」

「為三さんは、そのことを知らないのですね」

「おそらく……」

「汚い奴だ、遠州屋は……これで読めたぞ。一助が店を潰して行方知れずになった罪を、橘屋やお袖に被せるよう為三に吹きこんだのだ。それで為三が、お登勢やお袖に危害を加えたならばもっけの幸い、また、為三は罪人となる訳だ。それに今度事件を起こせば江戸払いぐらいではすまないだろう。そういうことを見込んでだな、為三にお登勢を襲うように仕向けたに違いない」

金五は、苦々しい顔を一同に向けた。

「松波さん。その、矢代屋や菜の花の店の主がはまった女というのは、何者ですか」

十四郎の脳裏を、一助を手玉にとったおつたの顔が過った。

「おお、それだが、矢代屋の女はおしげ、菜の花の亭主の女はおつたというらしいぞ」

「まことですか」

「おしげは遠州屋の店に奉公していた娘らしいが、おつたは品川《しながわ》で飯盛女《めしもり》をしていたのを遠州屋が気に入って連れてきたものらしい」

「やはりそうですか」

「まあ、いずれも自分の女を使って狙った店の主を籠絡《ろうらく》し、貢《みつ》がせたあげく、苦しくなった店の資金繰りを高利で融通してやって、最後には店を奪い取るという巧妙な手口ですな」

「許せぬ。松波さん、しかしそこまで分かっていて、なぜお縄にできんのですか」

「行方知れずなんですよ、いずれの主も……もっとも、主たちは自分がしでかした堕落した生活、女に目が眩《くら》んで店を潰した訳ですから、奉行所に訴えにくいという事情があるでしょう。奉行所も表沙汰にならなければ動けません。そこまで人の余裕はありませんから……まっ、一助がおそれながらと訴えてくれれば別ですが」

「問題は一助だな」

金五は口をへの字に曲げて、腕を組んだ。

「いずれにしても、一助さんを捜し出さなくては……お袖さんも別れたご亭主とはいえ気が気ではないようですし、為三さんのこともありますから……藤七にはずっと一助さんの居場所を捜してもらっているのですが、なかなか……」

とお登勢が溜め息をついた時、

「十四郎様、玄関に、松蔵さんて方が、ぜひお会いしたいとおっしゃって」

お民が、仏間の廊下に膝をついて告げた。

十四郎がすぐに玄関に向かうと、松蔵は下ろしていた腰を上げて、

「旦那、この間はどうも」

ぺこりと腰を折ると、

「実は、旦那に一助のことを聞きましてから、急に気になりまして、昔の仲間も総動員して、あちこち捜してまわっていたんですが、やっと一助の居場所が分かりやして」

「何、まことか」

「へい」

「どこに居る」

「それが、一助の奴は、霊岸橋の東側の空き地に人足小屋が建っていますが、そこで寝起きしているようです」

「では一助は、人足をしておるのか」

「はい。あの辺りは、酒問屋も軒を連ねておりますし、川筋には様々な問屋が、毎日、船から物資を荷揚げしています。人足の仕事は望めばいくらでもあるようですから」

「なるほど……一助は体が父親に似て、でかいというから、そうか、人足をな」

「でも、あっしは会ってはいないのですよ」

「何……」

「いえ、遠くから一助だと確かめております。ただ、会えば、あいつも辛いんじゃねえかと思って……あっしだって辛いですから」

「そうか……」

「旦那、あっしはね、先だっては旦那には申し上げませんでしたが、一助との友情はほんものだったと、いまだに思っているんでございやす。実は喧嘩の原因になった竹とんぼ、いまだに大事にしまってあるんでございますよ。女房は、いい大人が、捨てちまいなさいよって笑うんですが、あっしはずっと捨てられねえできたんです。時々出して眺めていやした……そりゃあ辛いですよ、見るのは……切ないですよ……でもね、あっしにとっては、一助は一番のダチ公だったんだって、そういう気持ちには変わりありやせんから……」

「松蔵」

「へい」

「いい話を聞かせてくれたな」

「いえ」

「一助が聞いたらどんなに喜ぶか。辛い日々を送っている一助へのなによりの薬だ。一助に会ったらお前のその話、伝えてもよいか」

「旦那……」

「よいのだな」

「へい……笑いあって会える日が来るのを待っている。辛いだろうが頑張れと伝えてくだせえ……くじけるんじゃねえと……そして、どうしても立ち行かぬ時には、あっしの家に来るようにと……」

松蔵の声は次第に涙声になっていった。

六

朝からあいにくの曇り空だった。

今にも雨が落ちてきそうな天候で、船から荷を運んできた伝馬船《てんません》からその荷をおろす人足は、天気の行方と競争するように、慌ただしく働いていた。

時節柄ずいぶんと暖かくなったが、それでも、雨が降ったり、風が吹いたりすると、途端に寒くなる。

春先の天候のめまぐるしさは、今に始まったものではない。

一助の今日の仕事は、新堀町の岸際にずらっと並んだ酒問屋の酒樽の菰《こも》包みを担ぐことだった。

新酒の荷揚げの時期と重なって、たいへんな賑わいである。

川が埋まってしまうほど伝馬船が行き交っているのを見て瞭然《りょうぜん》とした。

「私が会った時より、痩せましたね」

藤七が、十四郎の傍に来て言った。

十四郎は新堀川に架かった橋の上から、ずっと一助の姿を目で追っていた。

一助たち人足は一様にふんどし姿で、刺子《さしこ》の筒袖の短衣を着て、ある者は肩に厚い布を当てたりして、黙々と荷を運んでいた。

その中でも一助は大柄で目立っていて、荷を運ぶのも軽々と運んでいるように見えたのだが、要領が悪かった。

力を加減するということを知らないのか、往復している間にたびたび途中で荷を置いて、肩で荒い息をするようになっていた。

「おい、ぐずぐずするんじゃねえぞ。雨が落ちてきたらどうするんだ」

人足を束ねている男が、一助を怒鳴った。

一助は「へい」というように頭を下げて、また荷を担いだが、蹴つまずいてどさりと転んだ。

「図体ばっかりだな、おめえは。しっかりしろい」

尻を蹴られて、またのそのそと起き上がる。

――見ていられぬな。松蔵が声をかけられなかったのも頷ける。

十四郎が溜め息をついた時、

「一助さん……」

お袖が十四郎の後ろに立っていた。

「お袖」

振り返った十四郎は、お袖の両目に膨れあがる涙を見た。

別れた亭主とはいえ、お袖が今の一助の姿を見るのはなにより辛い筈である。

だが、お袖は、まっすぐに十四郎を見詰めると、

「あの人におとっつぁんのことを知らせてあげなくては、そう思いまして、今日はお暇を頂いて参りました」

と言ったのである。

「雨だ。早くしろ」

俄かに降り出した雨が、人足たちの肩に容赦なく落ちていた。

まもなく、荷揚げは中止となった。

十四郎とお袖が、近くのめし屋で待っていると、藤七が一助を伴って入ってきた。

「お袖……」

一助は、びっくりして引き返そうとした。

「話がある。座りなさい」

十四郎がとどめると、一助は肩をすぼめてそこに座った。

「一体、何の用ですか……あっしを笑いにきたんですか」

一助は、ひねくれた物言いをした。そして自身を蔑《さげす》むような含み笑いをしてみせた。

「一助さん。橘屋の皆さんは、一助さんのことを心配して捜していたんですよ」

お袖が言った。

「何をいまさら……」

「あんたのおとっつぁん、為三さんが帰ってきたんです」

「おとっつぁんが……」

「ええ。それであんたを捜していて、こうなったのも、私たちが別れたのも橘屋さんのせいだって、お登勢様を何度も襲って……」

「何……おとっつぁんはどこにいるんだ」

「遠州屋さんに世話になってるそうよ」

「遠州屋だと、おとっつぁんも何をやってるんだ」

一助は、吐き捨てるように言った。

「一助、為三は遠州屋に唆《そそのか》されて、お登勢殿を襲ったようだぞ」

「遠州屋の奴め」

一助は膝に置いていた拳を握り締めて、きっと十四郎を見上げてきた。

「お前が離縁の原因をつくった背景には遠州屋の存在があったこと、親父さんが天狗舞だったこと、そして松蔵の父親滝蔵を傷つけた経緯も、全部承知しておる。調べ上げたのだ」

「……」

「松蔵もお前のことを心配していたぞ」

「松蔵が……」

「松蔵は昔お前と喧嘩になった時の竹とんぼを、いまだに大切に持っていると言っていた。その松蔵が、辛いだろうが頑張れと……くじけるなと……困ったらうちに来いと言っておった」

「松蔵……」

一助は顔を俯けた。泣いているようだった。

「お袖にしたってそうだ。別れたとはいえ、亭主だったお前のことを案じて今日ここに来ているのだ」

「……」

「一助、お前の口から話してくれぬか。店が潰れた訳をな」

「旦那……」

一助は涙を呑み込むと、顔を上げて十四郎を見詰めてきた。

十四郎たちへの不信な色が、縋るような目に変わっていた。


一助の話によれば、お袖が話していた通り、おつたとは遠州屋に押しつけられるようにして情交を結んだのが始まりだった。

いったん男と女の仲になってみると、店で男たちを相手にきびきび働いているお袖より、おつたの方が女らしい女に見えた。

閨房《けいぼう》での、打てば響くようなおつたの体に、一助は瞬く間に溺れていったのである。

店の商いにかまけて、ろくろく化粧もしないでいるお袖よりも、鼻孔をくすぐるおつたの化粧の匂いに陶酔した。

店は軌道に乗り始めていた。ここまでくれば、一助が少々店を留守にしていようが、お袖がきちんと差配してくれるという安心感があった。

そういった、心の隙間に期せずして現れたおつたに、

「旦那、旦那」

と甘えた声でしなだれかかられると、いっそうおつたが可愛く見えたのである。

だが、深みにはまったと気づいた時には、おつたは、次々と金や物を要求してくるようになっていた。

綺麗な仕舞屋を借り、家財道具を揃え、次々に上物の着物を買うおつたに、一助は振り回されながら、それでもおつたと離れられなかったのである。

ある日のこと、お袖から資金繰りの金がないと聞いた一助は、ちょうど頃合をみて声をかけてくれた遠州屋に縋った。

それまで、父の天狗舞が江戸払いになった時だって、一度も手を差し伸べてくれたことのなかった遠州屋が、この時ばかりは自分から進んで金を貸してくれたのである。

むろん、店を担保にしての話であった。

借りた金の利子は、法の定める利子の何倍にもなっていたが、一度に返せばどうにでもなると、一助はその時思ったのであった。

一方そのころ、おつたは後妻に入りたいなどと言い出して、たびたび店に顔を出すようになっていた。

「ちょいと、おまえさん、いつまで頑張ってるつもりかね。旦那はね、おかみさんのあんたでなくて、あたしと一緒にいたいと言ってんだから……」

おつたはそんないやがらせをお袖に言った。

それでお袖が別れたいと言い出したのである。

だが一助は、お袖に逃げられては店が立ち行かなくなると分かっていて、離縁を承諾しなかった。

店はお袖にやらせて、自分はおつたを囲うことを考えたのである。

結局、お袖は家を出た。それが、お袖が慶光寺に駆け込んだ理由だった。

「罰が当たったんですよ。お袖との離縁が決まった時には、膨れ上がった借金で、店は遠州屋のものになっていました。その後のことは、塙の旦那がおつたから聞いた通りです。金のないあたしは放り出されたという訳です」

「ふむ。しかし、こうして人足をやっているところをみると、お前も少しは後悔しているのだな」

「もう一度やり直したい。やり直した上で、お袖にも謝りたい、そう思ったのです」

「一助さん……」

お袖が驚いたような顔をした。

「お前には一文の銭も渡してやれなかった。ずっとそれが胸にあって……」

一助は殊勝なことを言った。

「一助、ひとつ聞くが、お前が遠州屋から金を借りた時の証文だが、まだ持っているのか」

「はい。人足小屋に置いてあります。あれを見るたびに、自分の馬鹿を呪っておりまして、二度と、あってはならねえことだと言い聞かせていたんです」

「よし。一助、それを証拠にして、奉行所に訴えろ」

「塙様」

一助は驚いた顔で十四郎を見詰めてきた。


月はかさを被っていたが、雨上がりの川端に駕籠が二つ、両脇に黒い影数人を従えているのが、はっきりと見えた。その影は、近づくにつれ、浪人たちだと判別できた。

駕籠は十四郎と金五が待ち受けている吾妻《あづま》橋へとやってくる。

駕籠の一行が三間近くに迫った時、二人は、もたれていた欄干《らんかん》から身を起こして、橋の中央に歩み出ると、駕籠の前に立ちはだかった。

「何者」

すぐに浪人たちが、駕籠を取り巻くようにして身構えた。

浪人は四人だった。

「どうしました」

駕籠の中から、遠州屋の声が聞こえてきた。

「遠州屋、お前の悪行は知れている。自分のしでかしたことを悔いて、奪った店を元の主に返すのだ」

十四郎が駕籠に向かって言った時、駕籠から笑いが漏れてきた。

「その声は橋屋の……」

遠州屋はゆっくりと駕籠から降りてきた。

「無茶なことをおっしゃるものですな、悪行だの、店を返せだなどと。私は何も悪いことなどしておりません。店は融通してやっていたお金が焦げつき、それで頂いたまでのこと。さあ、そこを退いていただきましょうか」

遠州屋は平然として言った。

「退けぬな。遠州屋、一助は今頃奉行所に訴えている筈だ。お前もとうとう年貢の納めどきだ」

憤然とした金五の声が遠州屋を刺した。

一瞬遠州屋は絶句したようだった。だが、すぐに低い声で笑い始めた。

「何がおかしい」

「その男を駕籠から出しなさい」

遠州屋が背後に向かって怒声を投げると、浪人二人が後ろの駕籠から、為三を引っ張りだした。

為三は、後ろ手にされ、鎖でぐるぐる巻きに縛られていた。しかも口には猿《さる》轡《ぐつわ》まではめられていた。

「うっ……うっ」

為三は、声にならない声をあげて身を捩《よじ》る。

「為三」

驚愕して見詰める十四郎と金五に、遠州屋はこれみよがしに為三の襟首に小刀を突きつけた。

「これが、かつては評判をとった天狗舞のなれの果てでございますよ」

遠州屋は薄笑いを浮かべると、汚いものでも見るように為三に目を遣って言った。

「私もその昔は、この男が横綱になる夢を見たものですよ、浅はかなことでした。為三は、そんな私の恩を忘れたようです。長屋を出ていってくれて、やれやれと思っていたら、突然店に現れましてな、この私に刃を向けたのでございますよ。お奉行所に突き出したってよかったのですが、まあ、向島《むこうじま》の別宅にでも監禁しようかと思いましてね……。橋屋さん、そういう訳です。この男の命が惜《お》しかったら、余計な真似はしないようにと、一助に伝えるのが先ではございませんかな」

「むっ」

金五が険しい顔を十四郎と見合わせた時、浪人四人が抜刀し、地を蹴って襲いかかってきた。

「金五」

十四郎は叫びながら、第一打の浪人の剣を撥ねあげると、第二打を放ってきた浪人の刀が振り下ろされるより先に、その浪人の腹を真一文字に薙いでいた。

金属の叩き合う不気味な音と、橋板を踏む重く、緊張した足音が、金五の周りでも聞こえていた。

正眼《せいがん》に構えながら、ちらと金五を見遣った十四郎は、金五の無事を確かめてから、ぐいと面前の浪人に迫った。

浪人は僅かに下がった。下がって上段に構えたかと思ったが、勢いをつけて踏み込んできた。

剣先が十四郎の顔前を斜めに走った。

僅かに引いて、その剣を躱した十四郎は、やりすごした浪人の喉元を突いていた。

「ぎゃ」

浪人の頸部から、血の糸が幾筋も吹き出した。浪人は首に手をあててそこに倒れ、悲しげな声をあげて息絶えた。

きっと遠州屋に目を戻した時、十四郎は遠州屋の背後に迫る捕り方の提灯を見た。

「塙さん」

配下を従えて松波が馬で駆けつけてきた。

「遠州屋、お前を召し捕る」

捕り方たちが遠州屋を取り囲んだ時、金五と闘っていた浪人二人は、すばやく刀を納めると、対岸の向島に走り去った。

「わたしが何をしたというのです。証拠を出しなさい」

首根っこを摑まえられて喚く遠州屋に、松波が静かに言った。

「遠州屋、お前は『菜の花』の主、国左衛門《くにざえもん》が店を渡さぬ、奉行所に訴えてやるなどと言ったため、己の言うとおりにならぬと知って、殺して埋めたらしいではないか。おつたが吐いたぞ」

「おつたが」

「そうだ」

「嘘だ。あの女は嘘をついている」

「申し開きは奉行所で致せ。拙者がじきじきに詮議致す」

「おつたの奴め……」

遠州屋は、唇を嚙んで膝をついた。

「おとっつぁん……」

捕り方の後ろから一助が走り出てきて、為三に縋りついた。

「再縁する？……お袖、お前、本気なのか」

十四郎は、橘屋の玄関先で、肩を寄せ合って現れたお袖と一助に、いきなりもう一度やり直すと言われて当惑した。

十四郎の傍で膝を据えているお登勢はにこにこしているし、十四郎の後ろで突っ立って顎をなでている金五は、にやりと笑みを返してきた。

「そうか。知らないのは俺だけか」

十四郎は首の後ろを打って苦笑した。

「図体ばっかりでかくて、頼りにならない一助と為三を抱えては大変だから止めておけと俺も口を酸っぱくして言ってやったのだが、お袖も馬鹿な女だな」

金五が笑った。

「近藤様、その言いようはあんまりでございます。お陰様でお店も戻ってきましたので、親父と二人、せいぜい頑張って米を搗きます。見ていて下さい」

一助が晴れ晴れと胸を張る。

「お袖さん。今度駆け込んできても、知りませんからね」

お登勢も笑顔でちくりと刺した。

するとお袖が、首を竦めてから、

「はい。皆様のご恩、忘れません」

と明るく言った。

「しかしお袖、一助も一助だが、あのとっつぁんを抱えては大変だぞ」

十四郎は正直、そう思った。

「大丈夫です、十四郎様。おとっつぁんは私にこんなことを言ってくれました。『お前たちが幸せになるように、俺は俺の命が燃え尽きるまで協力するぞ。畦火《あぜび》のように』って」

「畦火……つまり為三は、灰になって新しい芽を育てる肥料になる覚悟だと言うのか」

金五が目を白黒させた。

「はい。そのようです」

「どこでそんな難しいことを学んだのだ？　為三は」

金五がくすくす笑った時、ひょいっと為三が顔を出した。

「為三」

「旦那、すっかり心を入れかえやしたので、へい。お登勢様には、本当に申し訳ありやせんでした。お詫びに、いつでもお登勢様の用心棒を致しやすから、どうぞお申しつけ下さいまし」

調子のいい挨拶をしたまでは良かったが、次の瞬間、為三の顔が凍りついた。万吉がごん太の綱をひいて、戸口に立っていたからである。ごん太は歯をむき出して、唸り声を上げている。傷は癒えても、ごん太は為三を忘れてはいなかった。

「すまねえ、俺が悪かった。勘弁してくれ」

為三は、踵《きびす》を返して、慌てて帰っていった。

「なにが畦火だ。かつては横綱を手玉にとったという男も、このごん太には勝てぬか」

金五の声に、一同は吹き出した。

第四話　花の雨

一

お忍びの駕籠は、清廉《せいれん》なる梅の香のかすかに匂う早暁《そうぎょう》に、慶光寺の門を出立した。

駕籠に従うのは、十四郎とお登勢と千草《ちぐさ》、それに春月尼《しゅんげつに》の四人ばかりで、腰を折って見送る金五は、付き従う十四郎たちに緊張した面持ちで頷いた。

駕籠は、まだ人気のない門前通りから隅田川に出て永代橋を渡り、東の空に春の陽の光が広がり始めた頃には、築地の浴恩園に入った。

「よく参られました。お体には大事ございませんでしたかな」

千秋館《せんしゅうかん》で相好《そうごう》を崩して出迎えたのは、楽翁こと松平定信だった。

かつて幕閣の長として君臨し、厳しい改革を断行し、隠居して楽翁と名乗ってもなお、幕政に多大な影響力をもっている人とは思えぬ表情だった。

「お招きにあずかりまして、ありがとう存じます」

楽翁の出迎えに、恐縮して腰を折ったのは、まだ瑞々《みずみず》しい色香を残す万寿院だった。

春先の冷たい風に当たったのがよくなかったのか、万寿院は数日臥せっていた。医師柳庵の診立てによると軽い風邪だったというが、万寿院は、

「寄る年波には勝てぬ」

などと言い、弱気になっていた。

どこからそれを聞きつけたのか、楽翁はいたく心配して、万寿院をぜひ浴恩園に招きたいと誘いを寄越したのであった。

とはいえ、駆け込み寺の主といっても、万寿院は前将軍の側室である。安易に寺を出ることなど許されてはいない。

しかし、そこはそれ、お忍びでの外出だった。

万寿院は、もと白河藩上屋敷の奥に仕える女中であった。楽翁とは主従の関係にあった人である。

それもあってか、楽翁は万寿院を妹のように気遣い、また万寿院も楽翁を兄のように頼りにしているのが、傍から見ていても分かるのである。

楽翁は、まず起居《ききょ》している千秋館の離れにある茶室に万寿院を案内して、朝の茶事を楽しみ、陽が昇ってきたところで、館の庭園の外れの船着き場から屋形船を出した。

船を浮かべる瓢箪池は、二つの泉水『春風《はるかぜ》の池』と『秋風《あきかぜ》の池』から成っているが、そもそも一万七千余坪もの敷地内に造られているから、池は湖と見紛《みまが》うほどの大きさである。

趣を凝らしていて、この二つの池の真ん中あたり、瓢箪《ひょうたん》のくびれのようになっている場所に「白鷺《しらさぎ》の橋」が架けられ、その橋の下で二つの池は繋がれていた。

橋は太鼓《たいこ》橋になっていて、橋の下を船は航行して、両方の池の景観を船の上から眺望できるようになっていた。

千秋館前から出た船は、ゆっくりと春風の池に滑り出た。

楽翁と万寿院に随行するのは、十四郎とお登勢と千草と春月尼のみであった。

水ぬるむ池の風を頬に受けながら、一行は「千とせの浜」「かきは島」「さざなみの谷」から「葉山《はやま》の関」へ、そして、「しののめの浦」から「さくらが淵」「月とふさと」と「馬場の景」を経て、白鷺の橋の袂でいったん下船した。

待ち構えていた楽翁の家士が走り寄って、皆に怪我のないように手を貸すと、家士たちは邪魔にならないように、素早く茂みの中に消えるのであった。

この橋まで巡りくる間にも、家来たちは、一行が立ち寄る場所には、いずこにも黒子のように控えていた。

万寿院はともかくも、お登勢や千草などは、たびたび歓声や溜め息を漏らして心酔しているようで、黒子に気づいているのかいないのか、万寿院の随員だということを忘れているかのようである。

楽翁も万寿院も打ち解けた雰囲気で、一行は内々の散策のような気配である。

十四郎ひとりが緊張していると、楽翁がそれに気づいて下手な冗談を言い、笑わせるのであった。

――まったく、女どもははしゃぎ過ぎだぞ。まっ、屋敷うちだから不測の事態が起きるということはまずないだろうが……。

十四郎は独りごちて、一行に付き従った。

白鷺の橋の上からまだ頂きに雪の残る富士山を眺め、また、もう一つの秋風の池を望むと、一行は再び乗船して「色香の園」に到着。園内にある春風の館に入って軽い昼食を摂った。

しばしの小休止のあと、再び色香の園に出る。

色香の園には、春風の館を囲むようにして梅園が広がっていた。何百本という数え切れない白梅紅梅が植わっていて、池から吹いてくる風が梅の木々の間を巡りに巡って、かぐわしい香りを園一帯に靡かせているのであった。学者肌の楽翁は、その梅の花の種の名札を、一本一本につけているといった凝りようだった。

ひととき、梅の園を散策した後、梅花を背景にしつらえてある即席の能舞台で『羽衣《はごろも》』が観世《かんぜ》流の能役者によって演じられた。

錦の小袖の上に羽織った羽衣を表す白い帷子《かたびら》、天女を表す天冠《てんかん》の美しさは、背景の梅園の景色とあいまってひときわ趣があった。

みなが羽衣の舞を観賞して、その感激の溜め息を吐きおわらぬうちに、

「よし」

楽翁が立ち上がって舞台にあがると、仕舞《しまい》で謡曲『養老《ようろう》』の一節を舞った。

君は船　臣は水　水よく船を浮かめ浮かめて

臣よく君を仰ぐ御代とて幾久しさも盡《っ》きせじや盡きせじ
君に引かるる玉水乃　上澄む時は下も濁らぬ瀧津の水乃
浮き立つ波の返す返すも　よき御代なれやよき御代なれや

十四郎はさすがに楽翁の仕舞には心打たれた。

仕舞の上手さはむろんだが、楽翁は『水上が澄む時には下流も濁らぬことをもって、君の政《まつりごと》が正しければ民も正直で平和である』と言っているのである。

十四郎が能を観たのはこれが二度目だったが、含蓄《がんちく》ある謡曲の文言に己が意を舞う楽翁に敬服した。

老中首座だった頃の楽翁は、寛政《かんせい》の改革を断行し、そのあまりの厳しさに、巷では『文武《ぶんぶ》文武とうるさい蚊がいる』とか『水が清すぎては魚も住まぬ』などと揶揄《やゆ》されたと聞いているが、楽翁自身も来客がある時は別として、普段は木綿の着物を着て、食事も一汁一菜を通していると聞いている。

改めて楽翁という人物の素晴らしさを見たと、十四郎は思ったのであった。

舞いおわった楽翁は、どうだ……というような照れた顔で、万寿院の傍に座った。

病疲れのために、はかなげな白く透き通るような顔をしていた万寿院も、今日はひさびさに頬に朱のいろを浮かべて微笑んでいた。

十四郎は、お登勢と見合った。

お忍びの随行を頼まれた時には、もしもの事があってはと危惧していたが、万寿院の幸せそうな顔を見て、正直、楽翁の館にお連れしてよかったと胸を撫でおろしていた。

一同が千秋館に戻るために梅園を引き揚げようとした時だった。

「橘屋のお登勢殿ではございませんか」

お登勢を呼び止めた人がいた。

先程、舞台にいた囃子《はやし》方の笛を担当した男だった。

「お声がかけづらくて失礼致しました。お久しゅうございます。お見事でございました。私も久しぶりにお能を拝見致しました」

お登勢は腰を折って挨拶をする。

「実は、お耳に入れたいことがございまして」

笛の男は、顔を曇らせて言った。

「なんでございましょうか」

お登勢は、先を行く万寿院を見遣って言った。

「いいえ、一度お訪ねしようかと考えていたところでございました。国之助《くにのすけ》さんがたいへんな事になっておりまして」

「国之助様が」

「はい」

男はそこで一段と声を落とすと、

「お武家の妻女と不義を働いたと疑われて、出奔《しゅっぽん》したのでございます」

「まさか……」

「まさかです。私も信じてはおりませんが、どうしたものかと悩みまして」

「分かりました。ここではなんでございますから、夕刻に三ツ屋にお越し願えませんでしょうか」

「承知しました。では」

男は一礼すると、慌てて仲間の待つ舞台の方に足早に去っていった。

「知り合いだったのか」

十四郎が、帰りの身支度をしている役者たちの方に目を遣りながらお登勢に尋ねると、

「ええ、あのお方は囃子方の藤山壱之丞《ふじやまいちのじよう》様とおっしゃるのですが、茶の湯のお仲間です。話の中に出た国之助様とおっしゃる方は、囃子方では小鼓をなさっておいでの方で、国之助様も茶の湯のお仲間です」

お登勢は、顔を曇らせた。

三ツ屋に藤山がやってきたのは、暮《くれ》六ツ（午後六時）の鐘を聞いてまもなくだった。

背筋を伸ばして端座した藤山は、お登勢が同席する十四郎の紹介を終えるのを待って、

「間違いならば、何か打つ手はないか、助けてやれることはないかと存じまして、お登勢殿なら良い案があるのではないかと……」

膝を寄せた。

藤山の話によれば、このたびの浴恩園での演能を伝えるために、弟子の一人を辻《つじ》国之助の家に使いにやったところ、飯炊きのお伝《でん》という初老の女が、先生はあらぬ疑いをかけられていなくなったと訴えたのが、事が明らかになった発端だった。

飛んで帰ってきた弟子から、思いもよらない報告を受けた藤山は、すぐに国之助の家に走った。

国之助の家は浅草の阿部川町にある百坪ほどの敷地に建つこぢんまりとした屋敷だが、下男一人と飯炊きのお伝が住み込みで、弟子は内弟子と称する者も、外から小鼓の稽古に、通ってきていた。

藤山もそうだが、国之助も後継者となる弟子を育てており、それとは別に、武士やその妻女や、商人やその妻女などの外弟子といわれる一般の弟子をとっていた。

囃子方の中でも、太鼓や大鼓はそうでもないが、小鼓と笛は武家にも女たちにも人気があって弟子は多い。

「こたび、不義をした相手として噂されている妻女も菊池《きくち》藩の上屋敷で御賄方《おまかないかた》を務める西尾《にしお》数馬《かずま》様のお内儀で松江《まつえ》様というお方です」

と藤山は言った。

「松江様も、国之助様のお弟子さんなのですね」

「そうです。なかなか熱心で国之助さんが以前感心しておられて、私も名前だけは覚えていたのですが」

「不義をしたという仔細は」

「聞いた話では、お稽古所になっている屋敷内の座敷で二人が不義に及んでいるところを、お稽古に通ってきたおえいという娘が見たのだと……」

藤山はお登勢の顔をじっと見た。

「ちょっと待って下さい。すると、不義をした証拠というのは、そのおえいとかいうお人の証言からですか」

「そのようです」

「しかしそれは……お稽古所で不義をですか……」

お登勢は尋ねるとも呟くともとれるような言い方をして、口を噤んだ。

藤山も首をかしげて頷いている。

「お稽古所は、家の者にも、通ってくるお弟子さんたちの目にも、とまりやすい場所ではないのですか」

お登勢が尋ねた。

「おっしゃる通りです。仮に不義を働くにしたって、そんな人目につきやすい部屋でと誰もが訝《いぶか》しく思います」

二人はまた口を噤んで、思案の顔をした。

傍で聞いていた十四郎が口を挟んだ。

「藤山殿、そのおえいという女は、何者ですか」

「日本橋で香屋を営む『上総《かずさ》屋』の娘だそうです。これは飯炊きのお伝さんから私が聞きました。お伝さんの話によれば……」

その日、稽古は、午前に二人、午後に二人の通いのお弟子が来ることになっていた。

松江という妻女は、午後からの一人目の通いのお弟子で、台所でいつもお弟子たちの小鼓の音を聞いているお伝は、今日は早々に小鼓の音がやんだな、とは思っていたらしい。

しかし、そういうことも多々ある訳だから、さして気にもとめずに夕餉の買い物にでも出ようかと思っていたところへ、午後のお稽古の二人目の弟子のおえいがやってきた。

お伝は、おえいを稽古所に案内しようと腰を上げたが、おえいが勝手知ったる家の中だからなどと笑って、お稽古が終わるまでお庭でも見せていただきますと庭に回っていったのだという。

まもなくだった。

おえいの悲鳴が聞こえて、なにやら主の国之助と声を荒らげてやりとりしているのが聞こえてきたかと思ったら、おえいが血相を変えて台所に走ってきて、出かけようとしていたお伝に、

「先生の不義、確かにこの目で拝見しましたから」

などと怒りにまかせて叫んだ後、どたばたと帰っていった。

たまげたお伝は、座敷に急ごうかと思ったが、足が竦んで台所で呆然と座っていると、松江が人目をはばかるように帰っていく後ろ姿が見えた。

時をおかずして国之助が台所に顔を出して、

「おえいさんの誤解です。あの人にも困ったものです。少しも心配することはありませんから、いいですね」

国之助はお伝にそう言ったのだが、二日後には外出したまま家に戻らず、行方知れずになったのだというのであった。

「国之助さん本人に確かめた訳ではございません。お伝さんから聞いた話ですから……それに、お伝さん自身が見た話ではありませんからなんとも判断しかねますが、ともかく、そういうことがあって、国之助さんが姿をくらましたということは間違いない訳ですから……」

藤山は微妙な物言いをした。

「私は、信じませんね」

お登勢はきっぱりと言った。

「確かに、国之助さんは女子《おなご》のお弟子さんが、だれもかれもお熱をあげるほどのお人です。人となりもそうですし、お顔だちも貴公子然としたところがございます。でも、あのお方には、今までに一度だって、そんな浮いた話などありませんし、周りからも出てきていません。そうは思われませんか」

「さようです。だからこそあなたにご相談申し上げているのです」

「分かりました。私のできる範囲で、なんとか真相を探ってみます」

お登勢はそう言うと、十四郎に頷いてみせたのである。

二

西尾数馬が阿部川町にある小料理屋『花月《かげつ》』に現れたのは、十四郎が菊池藩藩邸の門番に呼び出しの文を託してから、半刻はたっていた。

菊池藩の上屋敷は、三味線堀の北側にある。

小料理屋の花月とは目と鼻の先、その気があれば間を置かずして現れてもよさそうなものなのに、暫く考えるところがあったのか。あと半刻も待って現れなかったら、日を改めようかなどとお登勢と話しているところに西尾数馬はやってきた。

「西尾数馬でござる。お登勢殿は手前の愚妻とは、どのような関係でござるのですか」

西尾は、威儀を正して正座すると、険しい顔で聞いてきた。土色の骨張った顔の奥にある充血した目が、十四郎を、そしてお登勢を刺すように見詰めてきた。

「実は私は、国之助様とは茶の湯のお仲間でございまして……国之助様を通じて松江様のことは存じ上げておりました」

と、まったく松江と無関係の人間ではないのだという言い方をした。だが西尾は、

「すると、松江とは直接おつき合いがあったという訳ではござらぬのですな」

と憮然とした。その程度の関係にある人間が、自分を呼び出したことに腹をたてたようだった。

お登勢は、友人として放ってはおけなかったのだと、不躾《ぶしつけ》な訪問を詫びた上で、改めて西尾に向くと、

「私には、このたびの噂はとても真実とは思えません。私が知る限り、国之助様は清廉潔白なお方でございますし、松江様もまた貞淑《ていしゅく》なお方で、場を違《たが》えて行動なさるようなところは少しもない凛としたものを備えていらっしゃると伺っております。心ない噂に踊らされて、お二人がなにもかも失うようなことがあっては悲劇でございます。まずはご主人様に、ゆめゆめ後々悔いの残るような行動は謹んでいただきたく存じまして、お願いにあがりました。むろん、私は私なりに、真実を突きとめて、心ない噂に楔《くさび》を打ちたいと考えております」

とじっと見詰めた。

西尾は、目を見開いて聞いていたが、お登勢が話し終わると、

「かたじけない。松江もそなたたちの気持ちを知れば、どれほど救われますか……」

と素直に礼を述べた。

西尾の目の険しさ、土色の血色は、性格からにじみ出たというより、思いがけない事件に出くわした驚きと悲しみが原因のようだった。意外と言葉や態度にも

温かい良心が見え、十四郎もお登勢もほっとした。

だが、西尾は、

「しかし、もう遅いのです」

と言ったのである。

「遅い……西尾殿」

十四郎は緊張して問いかけた。もしや、早まって手討ちにするなどと考えているのではあるまいかと、一瞬思ったのである。

「あれは……松江は、国之助が姿を消した同じ日に、家を出ております」

西尾は苦しげな口調で言い、ぎゅっと口元を引き締めた。

「松江様も、いなくなったのでございますか」

「そうです。まだ五歳の小次郎《こじろう》を置き去りにしての出奔でござる」

「……」

「お二人の気持ちは身に染みてありがたく存ずるが、私は松江が家を出たということは、不義はあったということだろうと……」

「しかし西尾様。松江様は西尾様に誤解されて、成敗のなんのと騒動になってはと案じられ、それでしばらくどちらかへ身を寄せていらっしゃるのかもしれません。国之助様と同じ日に姿を消したということですが、お二人がご一緒とは限りません」

お登勢は、国之助が飯炊きのお伝に、何もないのだから案ずるなと言ったという話を西尾に伝えた。

西尾はしかし、そんな話は気休めだと言った。

「では、お尋ね致しますが、西尾様は松江様から、直接、わたくしは不貞《ふてい》を働きましたと申されたのをお聞きになったのでございましょうか」

お登勢は、なんとしても、西尾を疑いの淵から呼び戻したい気持ちでいっぱいだった。

それほどお登勢の頭の中には、あの国之助に限ってという気持ちがあった。

「お登勢殿。それがしは、松江が国之助殿の家にお稽古に参った日は、上方での用を済ませて江戸に戻る途中でござった。帰って参ったのは昨日、松江が家を出た後でござる。藩邸内で手狭とはいえ、それがしは役宅を頂戴している身でござる。女中が一人おりまして、その者の話によれば、松江は二、三日塞ぎ込んでいると思ったら、思い出したように出かけていたようでござるが、国之助殿が姿を消されたその日もふっと外出して、いや、これは後で分かったことでござるが、その日外出したまま家には戻ってはおりませぬ。先程もお話しした通り、家には五歳の子がおり申す。掌の上で撫でるように慈しんで育てていたわが子を置き去りにしているのです。いずこかで事故に遭ったというのなら別ですが、他に姿を消す心当たりは手前の方にはいっこうにないのです」

「では、お噂は出先から帰ってこられてからお聞きになった……」

「さよう。松江が塞ぎ込むようになったのが、小鼓の稽古の日からだったと考えた女中が、不審に思って国之助殿の家に走り、事の次第が分かったのでござるよ」

「西尾殿。すると貴殿はおえいとかいう娘に会ってもいないのですな。事の発端はその娘が口走ったことから始まっていると聞いている。一度、しかと確かめるべきではござるまいか」

十四郎は、諭すような口調で言った。人の噂ばかりで物事の判断をするのは危険だと思ったからである。

しかし西尾は、

「いや……会う必要もないと存ずる」

気のない返事だった。

「何故ですか」

厳しく十四郎は聞いた。

「愚妻の不貞を確かめるためにその娘に会うなどと、それだけでも侮辱の極み」

西尾は、激情を抑え切れないように強い口調で言い、十四郎をきっと睨んだ。

「西尾様……」

お登勢がとりなすように声をかけるが、

「この上は、女敵討《めがたきうち》をするまでのこと」

ぎゅっと西尾は膝頭を摑む。

「お待ち下さいませ。しばらく私どもに猶予を頂きたく存じます。女敵討など、真実を摑んだ上でよろしいではありませんか。西尾様、少なくともお二人は、お子をもうけた仲ではございませんか。それなのに、松江様への愛情などもう失せたと申されるのでございますか」

「馬鹿な……この世にたった一人の女子だと思っていたからこそ、人から疑いをかけられるような軽率な行動をとった松江が、許せないのでござるよ」

西尾は六年前に江戸定府《じょうふ》と決まった時、上役を介して松江を嫁にほしいと申し出た。

藩主の参勤交代で江戸に赴き、一年ほどを藩邸の上屋敷で生活する者は、単身赴任である。

だが、家臣としての生涯を江戸で勤める定府に至っては、そのほとんどの者が、江戸で妻帯し子を育てることになる。

短期の江戸詰めではなく定府勤めと決まった以上、西尾は妻連れで江戸の藩邸に赴任しようと考えたのであった。

妻にするなら松江だと、少年の頃から心に決めていたのである。

松江も菊池藩の国元で育った勘定方《かんじょうかた》の娘であった。

まだお互いが少年少女だった頃から、心を通い合わせてきた仲であり、いわば相思相愛の仲だったのである。

はたして、結婚の申し入れはすんなりと受け入れられて、二人は所帯を持ち江戸に赴任した。

この広い江戸で支え合える者のいることを幸せにも思ったし、両人とも父母は国元にいたために、結びつきはいっそう強いものとなっていた。

西尾は同輩たちから、一点の曇りもない模範的な家庭だと言われていたし、加えて松江の美貌や賢才ぶりも、皆から羨ましがられるほどだった。

むろん西尾の働きも評価されて、若くして配下を持つ身となり、藩邸内でもお長屋を出て、小さくても一軒の家に住めるようになっていた。

ただ、西尾の仕事が、なにかにつけて上方の商人との繋がりがあり、自身も上方に出張することも多く、松江が小鼓の稽古に通うのは、留守を預かる寂しさが紛れるためだろうなどと西尾は理解していたのである。

よその夫婦より夫婦の絆は強いと信じていたからこそ、噂が真実かどうかというよりも、そういった噂をたてられた松江に、西尾は裏切られたという思いがあった。

「そういうことなら尚更でございます。西尾様、今しばらくこの噂、私どもにお預け下さいませ」

お登勢はじっと西尾と見合った。

「夜分遅くにお訪ねするのはいかがなものかと思案いたしましたが、ここは一刻も早く、お登勢さんにお知らせしておいた方がよいかと存じましたので……」

両替商の『弁天屋《べんてん》』喜左衛門《きざえもん》は、四ツ（午後十時）近くに橘屋を訪れて、出迎えたお登勢に神妙な顔をして頷いた。

弁天屋も笛の藤山と同じく、お登勢とは茶の湯の仲間であった。

お登勢は、弁天屋が訪ねてきた時から、嫌な予感があった。

宿の客もほとんどの者が床につき、通いの仲居や女中たちも、それぞれ家に引き揚げた後である。

宿が、夜の帳《とばり》の中で静かに眠りに入ろうとしていた頃に、弁天屋はお供も連れずにやってきたのである。

当然、十四郎は長屋に帰っていた。

「どうぞ。こちらへ」

お登勢は奥の仏間に弁天屋を迎え入れた。

藤七が茶を運んできて、そのままそこに座って、

「暖かくなるばかりかと存じましたら、急に寒くなりました。花冷えというのでしょうか」

弁天屋に茶を差し出した。

宿の中は、昼間の喧騒が嘘のように止み、しいんとしていて、火鉢の中に熾《おこ》した炭の、ぱちぱちと弾ける音も、びっくりするほど大きく聞こえる。

弁天屋は茶を一口啜ると、

「いや、お登勢さんも藤山さんからお聞きになっていると聞きましてね……それで、思い切ってやってきました。ほかでもございません。国之助さんのことですよ」

弁天屋の声は、用心深い小さな声だった。

「弁天屋さん、何か分かったのでございますね」

実は明日から調べてみようと思っていたところだと、お登勢は弁天屋に告げた。

「そういうことでしたら、お訪ねして良かった。実は今日、私は国之助さんに会ったのです」

「弁天屋さん」

お登勢は驚愕して弁天屋を見詰めると、

「まさか、松江様とおっしゃるお武家の妻女が一緒ではございませんでしたでしょうね」

恐ろしい話を聞くような気持ちだった。

「それが、ご一緒だったのでございますよ」

「まあ……」

お登勢は絶句した。そして藤七と見合った後、弁天屋に視線を戻すと、

「使いが参ったのでございますよ、国之助さんから……今日の昼過ぎ、八ツ（午後二時）頃でした。使いは馬喰町《ばくろちょう》の安宿の女中でした。文を持ってきておりまして……」

「なんと書いてあったのでしょうか」

「上方に参ろうと思うが、路銀《ろぎん》が足りぬと」

「この橘屋に来てくだされればよかったのに……」

お登勢は溜め息をついた。

「こちらに来るのは辛かったのではないでしょうか。一人ならともかく、女連れでは……」

「……」

「あのお方が、馬喰町の安宿にいること自体、驚きました。仲間として情けなくなりまして……文には立て替えてもらった金は上方から必ず送ると書いてございましたが、十両、お願いしたいと」

「十両」

「はい。商いをしておりますから、十両ぐらいなんということもございませんが、私たち仲間がこんなに心配しているのに、なんにも説明なしに……その心が哀しいではございませんか。それで、私はすぐに十両を懐に入れまして、馬喰町の旅籠《はたご》に参ったのでございます」

弁天屋が女中に従って訪ねた宿は、馬喰町でも町の外れにある『須崎屋《すざきや》』というかなり古い宿だった。

年老いた夫婦が片手間にやっているような宿で、女中の話では客は地方から出てきた百姓が一人と、職人風の男が一人、公事《くじ》訴訟のために長逗留しているほかは、国之助たちだけだと言った。

国之助が泊まっている部屋は離れだと言い、案内してくれたが、離れに行く廊下を渡る時、床板が落ちるのではないかと思われるような、ぎしぎしという音が、足を運ぶたびに起きた。

「国之助さん、入りますよ」

つぎはぎの障子を開けた弁天屋は息を呑んだ。

国之助は女連れだったのである。

しかもその女は、花弁が露に濡れて芳香を放っているような、しっとりとした色気に包まれた美しい人だった。

弁天屋は咳払いをして、かろうじて平静を装い中に入った。

弁天屋はそこまで話すと、

「正直、宿に着くまで私は、国之助さんは一人だろうと思っていた訳です。いや、驚きました」

弁天屋は沈痛な色を浮かべて言葉を切ると、息を整えてから話を継いだ。

弁天屋は案内してくれた女中を、呼ぶまで顔を出さないでくれと追いやって、国之助と対座した。

「西尾の妻、松江でございます」

松江と名乗る美しい女が、手をついて挨拶をした。

「どういうことですかな、これは……」

弁天屋は険しい顔で国之助を見た。

国之助をずっと信じていた弁天屋にしてみれば、青天《せいてん》の霹靂《へきれき》、なぜか騙されたような気分だったのである。

連れている女が普通の、なんということもない女なら別だったかもしれないが、自分などは手の届きそうもない女と一緒だったというのが、一瞬だが心の底で許せないといった感情を呼び起こしたのかもしれなかった。

「私も、橋屋のお登勢さんも、むろん藤山さんも、あなたを信じて心配ばかりしておりましたが、どうやら私たちの考えは甘かったようですな」

つい皮肉っぽい口調になった。

「待って下さいまし。わたくしたちの間には、露ほどの間違いもないのです」

松江が毅然《きぜん》として言った。

「松江殿のおっしゃる通りでござる。何もない」

国之助も二人の関係を否定した。国之助の口調が興奮すると時折武士言葉になるのは、もとは武士だったからである。

「では、どうして、ここにご一緒におられるのでございますか。お話し下さい。十両の金が惜しくてお尋ねしているのではございません。せめて、あなた様を案じている仲間に、きちんと説明したいのです」

弁天屋は国之助をじっと見た。

「すまぬ……」

国之助はまずそう言って頭を下げると、ここに至る顚末《てんまつ》を弁天屋に話したのであった。

「お登勢さん、国之助さんの話によると、お稽古の途中で、松江様が癪《しやく》を起こし、なかなか治まらないので、苦しんでいるのを見兼ねた国之助さんが、帯を緩めて休むように言ったのだそうですが、それが誤解を生む発端だったと……」

弁天屋は、半信半疑の顔をして、お登勢に言った。

「まあ、癪を……」

「癪は女子に多いと聞きますが、そんなに辛いものでしょうか」

「そのようですよ。私は癪持ちではございませんが、たいへん辛いと聞いております」

「そうですか」

弁天屋は、まだ疑いが解けないといった顔で、

「国之助さんの話では、それで、松江様は帯を緩めたらしいのですな。それも苦しみながらですから、国之助さんは見るに見かねて手伝った。そこにおえいさんという娘さんが現れて悲鳴を上げたということでした」

「そういうことでしたら、何も家を出ることもなかったでしょうに」

「私もそのように申しました。しかし二人の動揺はたいへんなものだったらしく、どうすれば人の誤解がとけるのかと何度も話し合ったらしいのですが、松江様のご亭主の気性を考えれば、誤解であろうとなんであろうと許してくれる筈がないという結論に達したようです。そこで、国之助さんは、自分さえ江戸から出れば

と考えたようですが、松江様はそれでは申し訳ないとご自分も家を出られた」

「でも、いざ上方に行くとなればお金が足りないと……」

「そういうことです……これが町人なら堪忍《かんにん》料で済ませることだってできる話です。命をとられるところまではいきません。しかし、お武家の世界は……」

弁天屋は苦い顔をして言葉を切った。

「でも、私は国之助さんのお考えに賛成できません。お武家だって人間ではありませんか。血の通った人間です」

お登勢はつい、強い口調になった。

お登勢は弁天屋に、松江の夫西尾に会って、早まった考えだけは止してほしいと頼んできたことを告げた。

「分かりました。お登勢さんがそうおっしゃるのではないかと思いましてな、実は、お二人には、私の友人がやっておりますす旅籠で待機するようにお勧めしたのでございますよ」

弁天屋は言った。

弁天屋が二人の宿を訪ねた時には、一瞬何を馬鹿なことをしているんだという腹立たしさがあったが、二人の話を聞いているうちに、二人は真摯《しんし》に悩んで、その上で決行したことが信じられたからである。

二人の間に不貞はなかったという確信も持てた。

「誰だって二人の行動を見れば馬鹿なことをと評するでしょう。しかし人間、つまらぬことで追い詰められると、考えてもみなかった行動に出ることだってあるんです。あの二人がそうでしょう。国之助さんだって、お登勢さんもご存じのように、あの人柄です。松江様には初めてお目にかかりましたが、武家の妻女の鑑《かがみ》みたいなお方ですよ。それでも行き場を失った時、ああいう行動に出るのですな。好ましい人たちだからこそ、いっそう胸が痛むのです」

弁天屋は二人にはいざという時のためにと三十両を渡してきたのだと言った。

「弁天屋さんがご紹介された宿はどちらでございますか」

「千住《せんじゅ》の旅籠で『富沢屋《とみさわ》』といいます」

「承知しました。一刻も早く誤解だということを西尾様に分かっていただくように努めてみます」

お登勢は、きっぱりと言い、頷いてみせた。

三

「おえい、本当のところをな、嘘偽りのないところを話してくれぬか」

十四郎は、黙ったまま俯いているおえいに言った。

品川町のしるこ屋『茜庵《あかね》』の二階の小座敷にあがって四半刻《しはんとき》（三十分）、白砂糖仕立てのしるこが運ばれてきたが、十四郎もおえいも、そして藤七も箸もつけずに座っている。

今朝早く、十四郎は藤七から、昨夜の弁天屋の話を聞いた。

すぐにおえいの家に赴き、店の外に出てくるのを待ち受けて、茜庵に誘ったのである。

正午までまだ一刻はあり、客は数人というところだったが、二階の小座敷を借りた。

「黙っていては何も分からぬ。お前の話ひとつで、二人の人生を、いや、二人の命を決定づけることになる」

十四郎は、弁天屋に国之助が語った当時の状況をおえいに話してやったのである。

この女は、人の生き死にに関するほど重大な話でも、少しも動じないのかと、顔を覗きこむようにして見てみると、おえいは呆然とした表情で、膝もとを見詰めていた。

「おえい」

十四郎が厳しい声で呼びかけた。するとおえいは、びくっと体を縮めて顔を上げた。

怯えたような目のいろだった。

「あたし、まさかこんなに大騒動になるなんて、考えてもみなかったんですもの」

おえいの顔が苦痛で歪む。

「あたしはただ、お慕いしている先生が、松江様と親密な関係にある。咄嗟にそう思って、そしたらその瞬間、二人の間を壊してやろうって……」

「それで、大きな声で叫んだのか」

「だってあたし、先生のことを考えると夜も眠れないほどお慕いしていたんですもの」

おえいはわっと泣き崩れた。

十四郎は啞然として見詰めていたが、

「ではお前は、松江殿が癪の発作を起こして、先生はそれを介抱していたのだと言われれば、当時の二人の状況から、納得できるのだな」

おえいは泣きながら、こくりと首を振った。

「ふむ」

おえいの年は十八だと聞いている。

十八とはいえ女の嫉妬のすさまじさを目の当《ま》たりにして、十四郎は正直驚愕していた。

大声で人に知れるように叫べば、松江と国之助がそのあと、どんな窮地に立たされるか、そこまでおえいは考えてはいなかったということだろう。

「あたし……あたしは、ついこの間のことですけど、先生にお慕いしているという文をお渡ししたところでした。でも先生は、あたしが文を渡した後も、なにごともなかったかのようにお稽古を……あたしは無視されたのだという気持ちで一杯でした。あの日、庭からお稽古所を覗いた時、お二人はあたしの目には仲睦《なかむつ》まじく映りました。先生が松江様の背中をさするようにしていたのが目に飛び込んできたんですもの。あたしを無視した原因は、松江様だったのかと思った途端、怒りで胸は一杯になりました。それで……」

「しかし、大変なことをしでかしてくれたな」

「何度も言いますけど、こんなことになるなんて、思ってもみませんでしたから……塙様、どうしたら良いのでしょうか……実を言いますと、あたし、二人の成り行きを聞いて、もしものことが起こったらどうしようって、怖くて怖くて……」

「おえい」

「はい」

「俺に協力してくれぬか、二人を助けるために」

「あたし、許していただけるのでしょうか」

「むろんだ」

「許していただけるのでしたら、おっしゃる通りに致します」

「西尾殿、おえいが話した通りだ。松江殿は癪に襲われて介抱を受けた、それだけだ」

十四郎は項垂《うなだ》れているおえいをちらと見遣ると、その目を難しい顔をしてじっと聞いていた西尾に移した。

西尾は、十四郎の視線を撥ね返すように見詰めてきた。

「確かに」

と西尾は言った。

「松江は癪の持病がござった。しかし、その時、よその男から介抱を受けるほどのものでござったのかどうか」

「信じられぬと言われるのですか」

「………」

「女房殿を信じられぬと……」

「信じたい。だがそうもいかなくなった」

「何」

「私もいろいろと調べてみたが、国之助は以前から松江に興味があったのではないかと思われる節がある」

西尾は、ちらりとおえいに気遣うような視線を送ると、

「藩邸内にもう一人、国之助のもとに通っていた者がいたことが分かりましてな」

「まさか貴殿は、松江殿が国之助殿と出奔したなどと伝えたのではあるまいな」

「まさか……ただ、鼓のお稽古をご一緒しているようだが、松江の腕はいかがなものでござろうかと、まあ、そんなことを聞いた訳です」

「探りを入れたのですな、ご妻女を疑って」

十四郎は、少々皮肉を込めて相槌を打った。

「悩んだ末のことでござる。信じたいからこそ、確かめたいと思ったまでのこと」

「何か分かりましたか」

「その者が申したのは『師匠の国之助様は、松江様を高く評価なさっておられます。わたくしなどはご注意をいただくばかりでお恥ずかしゅうございます。先だっても国之助様の相方《あいかた》を松江様がお務めになって、わたくしたちお弟子が拝聴いたしましたが、それはそれは、溜め息が出るほど素晴らしいものでした』とまあ、そういう話でした」

「ふむ。それが格別の意味を持っているとは思えませぬが」

「いや、その者はその後にこうも申したのでござる。松江の鼓に国之助の鼓が呼応し、国之助の鼓が松江の鼓に呼応して、二人の息はぴたりと合っていたと……。

弟子の中で国之助の相方を務められるのは松江のほかにはいないのだと……。聞きようによっては、松江を褒《ほ》めてくれた言葉でしょうが、こたびのような事が起こってしまうと、二人は内面では惹かれ合っていたのではないかと……」

「西尾殿の考え過ぎだ」

「それに、松江の愚行は既に藩邸内の者に知れましてござる。女中が嫌味なことを言われたと泣いて帰ってまいりまして。いまさら不貞の事実はなかったと繕ってみても、もう逃れられぬのです」

「早まってはなりませぬぞ」

「私の裁量でどうなるというものでもなくなったのです。人にどう思われようと私の妻です。しかしもう……塙殿、実は私は今日、お勤めを辞退して参ったのです」

「西尾殿」

驚愕して見詰める十四郎に、西尾は寂しげな笑みを見せたが、

「今日を限りでこの役宅も返上し、小次郎は国元の私の父母のもとに送りまして、私は松江と国之助を討つ……」

「馬鹿な……」

「わが藩の掟でござる。もはや二人を討たなければ、小次郎の将来はおろか、縁戚につながる者すべてに累が及びまする。私個人の気持ちではどうにもならぬのです」

「……」

「あわれなのは松江……」

西尾は呟き、唇を噛んで十四郎をきっと見た。見開いた双眸《そうぼう》が真っ赤に見えた。

わっとおえいが泣き伏した。

「申し訳ありません。お許し下さいませ」

四

国之助は、読み終えた文をゆっくりと巻き戻すと、松江の前にその文を置いた。

「拝見してもよろしいのでございますか」

松江は、国之助の険しい表情を見て言った。

文は夕刻、二人が逗留している千住の旅籠富沢屋の主から国之助に渡されたものだった。

「深川に縁切り寺があるのはご存じですな」

国之助は静かに言った。

「はい」

返事をする松江も、声ひとつ乱すことなく頷いた。

「文は、寺の御用宿を営んでいるお登勢殿という方からのものです。お登勢殿は弁天屋さんと同じ私の茶の湯の仲間です。お登勢殿はあなたもご存じの笛方の藤山さんや弁天屋さんに我々のことを聞き、案じられて、いろいろと手を尽くして下さったようですが、あなたのご亭主が我々を討つ決心をされたと……」

「………」

「それで一刻も早く、江戸を出るようにと……」

国之助は、松江をじっと見詰めてきた。

「拝見致します」

松江は文を取り上げて、急いで読んだ。

文には、国之助が伝えてくれた他にも、弁天屋が仔細をお登勢に相談したことや、橘屋の雇われ人の塙十四郎なる人物が、おえいから真相を聞き出して、西尾数馬と会い、説得してくれたが、西尾も追い詰められて、女敵討の決意を固めた後だったことなどが順を追って認《したた》められていた。

最後に、お登勢の京の縁戚につながる者のところに匿《かくま》ってもらうよう、その所と名前まで記してあった。

松江は、文を読んでいくうちに、自分の知らない人たちに、多大な心配や手数をかけていた事を知り、また、夫の苦悩や怒りが手にとるように浮かんできて、不覚にも涙が溢れ出た。

小次郎が、夫の父母に預けられるという件《くだり》を読んだ時には、胸が張り裂けるような衝撃を受けた。

覚悟をして家を出てきたとはいえ、まだいたいけな小次郎を残しての出奔はやはり辛く、目の開いている限り、小次郎の姿を追っていた松江であった。

小次郎……という文字を見るだけでも、胸が締め付けられるように痛いのである。

松江は、文を読み終えると、両手で顔を覆って泣いた。

家を出てから松江は、一度も涙を流してはいなかった。

めそめそしては、自分のために一生を棒にふった国之助にすまないと思ったからだ。

だが、お登勢という宿の主の、思いやりのある言葉のつらなりは、自身で凍らせていた松江の心を、一気に溶かしてしまったようだった。

富沢屋は千住でも名の知れた、宿場のお役も務めている大きな宿である。

客は多く、連日賑やかな声が聞こえてくる。

弾んだ声や、笑い声や、酔っ払って管《くだ》を巻く声が、じっと座り続ける松江たちの部屋の外を通り過ぎた。

ひっそりと、死と対面している松江たちのいる部屋とは対照的な外の声を、松江は耳朶に捉えて座り続けていたのである。

だが、この夜は、文を読み進めるうちに、松江の耳から人々の喧騒は、はるか遠くに消え失せてしまったようだ。

「松江殿」

松江を黙って見守っていた国之助が、声をかけてきた。

「私とあなたの間には何もない。あなたは明日早朝、ここを出てご亭主のもとに帰りなさい。私とは一緒じゃなかった。あなたはあなたで、一人で橋屋にいたのだとおっしゃればいい。そうだ。駆け込みをしていたことにすればよろしい。私がお登勢殿に文を書きましょう。あなたはそれを持ってこの宿を出るのです」

「国之助様。わたくしはここにいます」

「死ぬのは私だけでいい。仮にも、あなたとどうにかなっていたのならともかく、私たちは潔白です。死ななければならないような罪などないのです」

「おやめ下さいませ。そのお話ならば何度もして参りました。いまさら一人で戻るのなら、最初からご一緒しておりません」

「しかし……」

「わたくしが招いた誤解です。私さえ癪など起こさなかったら……」

「いや。おえいさんがああいった態度に出たのは、私の責任です」

国之助は、おえいから艶文をもらっていたことを告げ、

「どのように返事をしても娘心を傷つける。そう思って何もなかったかのように振る舞ったが、それがいけなかったようだ。それに」

「それに……」

「今の今だからいいでしょう」

国之助はふっと苦笑して、

「あなたがあの日、帰られた後で気づいたのですが、私は確かにあなたを介抱できる喜びを感じていた。あなたの肩や背に触れた時、かつてない胸の鼓動を覚え

ていました。やましい気持ちは頭の中にあった。女弟子としてではなく、女性《にょしょう》としてあなたに触れた。それを知ったからこそ所を離れようと決心したのです」

国之助は一気に告白した。

「あなたには何も告げずに、一人で所を出るべきでした。あなたを引きずり込んでしまったのは私の責任です」

呼吸を整えて国之助はそう言った。

「国之助様……実はわたくしも……私も心の片隅に、国之助様から介抱していただく喜びを甘受《かんじゅ》していたように思います」

「松江殿」

「慈しんでくれる夫がいながら、一瞬でも、そのような期待を持った私にも非はございます。心の中で、私は不貞を働いたのでございます。国之助様お一人の責任ではございません」

二人は、黙って見つめ合った。

あの時、人生の逢魔《おうま》が時《とき》に立っていたのは間違いなかったと松江は考えている。

おえいが現れなければ、深い闇に引きずり込まれていたかもしれないのだと、松江は思っていた。

それこそ、夫への真の裏切りである。

おえいは気性の激しい娘だった。

裕福な商人の家に生まれ、欲しいものはなんでも手に入れることのできる身分だった。望めば物でも人の心でも、どうにでもなると考えている娘であった。

弟子同士のつきあいの中でも、おえいは激昂《げっこう》すると、平気で人を傷つける言葉を吐いた。

そのおえいが、あの後、どんな言動をするのか松江には想像できた。

事の真実を証明してくれる人のいないあの場面を、世間にどのように説明して納得してもらうか、松江には自信がなかった。

それに、国之助が江戸を捨てると知った以上、自分だけがのうのうと西尾の家で涼しい顔をして幸せな生活を送れるだろうかと、国之助の心中をおもんぱかったのである。

それで、松江は家を出た。

だが一旦、家を出てみると、今度は夫の苦悩を想像して苦しんできた。

どちらを向いても、松江の救われる道はないと、今は考えている。

せめて、武士の妻として、西尾の妻として潔く夫に討たれることが、唯一自分を救ってくれると、思いはそこに至っている。

しかも、潔白のまま討たれることが肝要だと……。

国之助と一緒に死ぬことが、せめてもの国之助への義理であり、夫に討たれることが、夫のため、西尾家のため、小次郎のためだと松江は決心を固めてきた。

「わたくしは国之助様とご一緒致します」

松江はきっぱりそう言うと、座を立って部屋の中央に屏風《びょうぶ》を引いた。

松江は、国之助とはもう幾晩も同じ部屋で眠りについている。

ただし、二人の間にはいつも屏風が引き回されて、相手の姿を見ることはなかったが、この夜は、床についても妙に屏風の向こうの静寂が気になっていた。

細くしていた灯火の心細い灯の色を見詰めながら、松江は眠れないでいた。

突然、ふっと屏風の前に黒い影が立っているのを知った松江は、はっとして起き上がった。

影は、国之助だった。

「国之助様……」

「あなたを抱きたい……」

国之助の切ない声に、松江は身を固くした。

松江たちがお登勢の文を読み終えた頃、十四郎は楽翁のいる浴恩園を訪ねていた。

　楽翁は夕食後のひとときを、紺青色の毛氈《もうせん》の上に画材を並べて、白梅の下絵に色を入れていた。

　楽翁は通常、朝は六ツ（午前六時）過ぎに起きて、夜は四ツまでには床につくと聞いていたから、会ってはもらえないと十四郎は思っていたが、仕上げに入った絵筆を灯火の下で使っていた。

　家士に案内されて部屋に通されたが、楽翁の緊張が十四郎が座す部屋の隅まで伝わってきて、十四郎は声もかけられず端座して楽翁の横顔を見詰めていた。

「やっ、待たせた」

　しばらくして楽翁は筆を置くと、

「ちこう」

　と手まねいた。

　膝行《しっこう》して灯の色の届くあたりに座り直して、十四郎は手をついた。

「言わずとも分かっておる」

楽翁は言った。

「恐れ入ります」

「菊池藩の賄方西尾の妻女と、囃子方国之助のことだな」

「はい」

「お登勢から文を貰ったが、菊池藩の御法にまで立ち入ることはしてはならぬ」

「しかし、事実無根のことゆえ」

「十四郎」

「はっ」

「武士はなんのために存在しているのか、考えたことはあるか」

「主の政《まつりごと》をすみやかに執行するために存在しているのだと存じます」

「そうだ。だが、その武士が生かされているのは百姓のお陰だとは思わぬか。民が納める税だとは思わぬか。武士はなにひとつ生産する訳ではない」

「おっしゃる通りかと存じます」

「ふむ。さすれば武士は、憐れむべき民を虐《しいた》げ、身に美服を纏い、常々珍膳を食し、饑寒《きかん》の苦しみ有る事を知らず、あるいは酒に耽り、色に溺れ、先祖の遺業を破るもの、いかんぞ天罰を蒙《こうむ》らざらんや。武士は民の鑑となるべし。自らを律し、自らに厳しくなければ、民百姓の上に立ってはならぬ」

「楽翁様……」

「たかが家庭内のことであっても同じことだ。哀れには思うが、致し方あるまい」

「……」

「お登勢もお前も不服に思うだろうが、わしにも、どうにもできぬよ……これが、大勢の民百姓にかかわる大事ならば別だ。私腹を肥やし、民百姓を苦しめる悪漢の話ならば別だ。十四郎、分かってくれるな」

「恐れ入ります」

十四郎は、楽翁の深い見識に恐れ入って伏した。

五

翌早朝のことだった。

お登勢から緊急の呼び出しがあり、十四郎が橘屋に駆けつけると、西尾数馬が仏間でお登勢と対座していた。

「これは西尾殿」

見迎えた西尾の顔は土色の、死人のような顔色だった。頬はこけ黒い影が宿っていたが、見詰めてきた目には異様な光が宿っていた。

妻女の松江が家を出て、まだ十日も経ってはいないと思うが、西尾がその間、悩み苦しんできた跡を見たと思った。

――まさか、二人を討ち果たしたというのではあるまいな……。

十四郎が座すとすぐに、お登勢が一通の文を十四郎の前に置いた。

「国之助様からの文です。今朝西尾様のもとに届いたそうですが、西尾様は十四郎様に頼みたいことがあるとおっしゃって参られました。まずは文をご覧になって下さいませ」

「よろしいのですか」

十四郎が西尾に向いて尋ねると、西尾は静かに頷いた。

文は果たし状だった。

国之助は、まず、このような事態を招いたのは、自分の不徳の致すところで責任は自分ひとりにあると言い、不義の事実など少しもなく、松江殿が自分に同道してきたのは、あらぬ噂も世間に真実のごとく広がれば、夫の西尾殿も藩の法規上捨て置くことも叶わなくなると解釈したからに他ならない。

松江殿は、ただただ世間を恐れて自分についてきただけである。

逃亡の日々の中で、松江殿の心にあったのは、西尾殿のことであり、一子小次郎殿のことであり、西尾家の今後の安泰を願う毎日だったと松江の苦悩を記した上で、松江の命乞いをしているのであった。

ただし自分は、すべての責任をとって正々堂々と立ち合いたいと……。

無抵抗で命を差し出すことも考えたが、自身も元は武士、浪人を経て御能の囃子方として新しい道を探っていた者で、無抵抗で斬られることだけは、最後の誇りとしてできないのだと記してあった。

果たし合いの刻限は明朝六ツ、場所は千住《せんじゅ》大橋近くにある山王《さんのう》社杉並木の参道とあった。

国之助の署名はあったが、逗留《とうりゅう》先の宿の名は記していなかった。

十四郎は読み終えた文を巻き戻した。

乾いた紙の擦れる音が、空しかった。

文を西尾の膝前に置くと、西尾はそれを待っていたかのように口を開いた。

「おぬしに検死役をお願いしたい」

「気が進まぬ。しかし頼みとあらば」

「よろしくお願い致す」

西尾は律義に頭を下げた。

「しかし西尾殿。何度も申すようだが、国之助殿もここに記している通り、また貴公もおえいから直接聞いている通り、真実不義はなかったのだ。つまらぬ撃ち合いをして血を流すことより、互いの生きる道を選んではいかがかと存ずるが……」

「それができるのなら、私もこれほど苦しんではおらぬ。私も、おそらく妻は不義は致してなかったと信じているが、わが藩の掟では不義は藩主に対する謀反《むほん》に匹敵するなどという学者がおりまして、他藩と比べても類例のないほど厳しいものになっております。これは昔の話だが、昔といっても十年ほど前のことでござるが、たった一通の艶書《えんしょ》が見つかっただけで、死罪となった男女がいました。まだ私も松江も国元にいて、不義のなんたるかも解《げ》せない年頃でしたが、強い印象として残っております。おそらく松江も、その時のことを思い出したに違いありません。それで家を出たのだと存ずる」

西尾は苦渋の顔をして言った。

「お気の毒に……国之助様も松江様も、そして西尾様も……残酷です」

お登勢は呟くように言い、

「なんとかならないものでございましょうか。例えば御定書百箇条《おさだめがきじょう》では、不義をしていたとしても、密夫が逃亡すれば、妻の処分は夫の裁量に任せるという一条がございます。国之助様はおそらくその事を知っていて、自分さえ逃げ失せれば松江様が裁きを受けることはないと考えたのかもしれません」

「しかし、松江も後を追ったのです。事情がどうあれ、家を出て男と数日を過ごしたとなれば、たとえ文に書いているように、何事もなく過ごしてきたとしても、世間はもはや承知する筈がない。世間を説得できない状況に踏み込んでしまったのです。それに、先にも話した通り、わが藩の掟は掟……」

「どうしても、国之助殿を討ち、松江殿を討つと」

「断腸《だんちょう》の思いですが……血を吐くほど考えに考えましたが、いまさら他に道はござらぬ。私と小次郎と、二人だけの問題ならば、私は松江の命などとりたくはない。やり直せる自信もござる。しかし、親類縁者にまで累が及び、それぞれの家の存続にも関わることとなっては、私の心ひとつではどうすることもできぬのです」

「……」

「ただ、小次郎が哀れで……」

西尾は言葉を詰まらせた。

「聞き分けがまだござらぬゆえ、毎夜、母上母上と松江の面影を探していた姿を思うと……」

西尾は黙った。

歯を食いしばって、膝の一点を見詰めていたが、まもなく顔を上げると、

「よしなに頼む」

手をついて、きっと十四郎を見上げてきた。


早朝から、隅田川の流れに風の波が立つほどの風があった。

十四郎は、まだ人影のない両国橋の石段下で、藤七の舟を待っていた。

橋屋の仕事を引き受けるようになって二年が経つが、今日のこの日の仕事ほど気の進まぬことはない。

国之助も松江も、そして西尾も、人間として善か悪かと問われれば善である。

その者たちが、なぜに命を賭してまで決着をつけなければならぬのかという思

いがあった。

ふと気づくと、足下の、まだ黒々と映る水際に、無数の白い梅の花弁が流れの赴くままに浮いているのが見えた。

「十四郎様。お待たせ致しました」

藤七が猪牙舟《ちょきぶね》を操って大川《おおかわ》を上ってきた。

舟に乗って更に大川を上って、駒形堂の河岸で西尾を乗せた。

西尾は、白い襷《たすき》に白い鉢巻き姿であった。

さらに川を上って千住の河岸に着いた頃には、東の空に陽の光が紫雲をたなびかせて、千住一帯を柔らかな光で包んでいた。

山王社は宿場町の右手にあった。

田や畑の間道の先に杉の並木が見える。

三人はゆっくりと間道に入り、そこから山王社の杉並木の参道に入った。

この辺りは、古くから将軍の御鷹場《おたかば》になっていたためか、木々はいずれも樹齢何百年という大木ばかりで、参道にはかすかに木々の間から漏れてくる光が射し込むばかりで、白い靄《もや》がたち、幻想的な雰囲気を醸《かも》し出していた。

杉並木に入って五十間ほど歩いたところで、六ツの鐘が聞こえてきた。

西尾は一瞬、身を固くして立ち止まり、靄立つ参道の前方に目を凝らした。

木々の葉を鳴らす風の音の他は、人の影はない。

「臆《おく》したか」

西尾が舌打ちするように呟いた時、前方の杉の幹の後ろから、大刀を手に握った一人の男が走り出てきた。

男は参道の中央に立つと、大刀を腰に引きつけて言った。

「待っていたぞ。国之助だ」

「西尾数馬」

西尾も、数歩進み出て言った。

手は両脇に垂らしたままの姿勢だった。

「連れの者は助太刀か」

国之助が言う。

「違う。おぬしも存じおる橘屋の者だ。お登勢殿に頼んで検死役を願ったのだ。

それより、松江はどこだ」

「松江殿は今朝早朝発った」

「何」

「文にも書いた通り、松江殿の命、助けていただきたい」

「おぬしに……松江の心配などいらぬこと」

西尾は、国之助に面と向かって自身の妻の命乞いをされたことに逆上した。

二人は、言い交わしたように、同時に刀を抜き放った。

下草の枯れた匂いのする静かな杉並木に、鞘走る不気味な音が響く。

十四郎と藤七は、邪魔にならないように一本の杉の木の傍に立った。

刹那、二人が走り寄って撃ち合うのが見えた。

一合《ごう》二合して、二人は跳び退いた。

そのまま互いに正眼に構えて立った。

十四郎が見る限り、剣の腕は、国之助の方が上だと思った。

西尾の剣は、背面と側面に隙が見える。

一方の国之助は、力を抜いて構えているように見えて、側面にも背面にも隙がない。

今度刀を交えれば、間違いなく西尾が討たれると十四郎は思った。

だが、国之助は先ほどは西尾と同時に撃ちに入ったものの、今度は自分から撃つつもりはないようだった。

――国之助は、討たれるつもりか。

そう気がついた時、西尾が走った。

西尾は刀を右肩上部に引きつけて、声を上げて突進していく。

そのままの姿勢で待つ国之助に、西尾は奇声を発して振り下ろした。

国之助はその剣を撥ね返したが、走り抜けた西尾が振り向きざま、体勢をかえて西尾の方に体《たい》を開いてきた国之助の胸を突いた。

「うっ」

苦しげな声を発した国之助は、胸に刺さった西尾の刃を握り締めて膝を落とし、西尾をきっと見上げて言った。

「不義はなかったのだ、西尾殿……たった一度も……松江殿は私を近づけもしなかった。嘘ではない」

「国之助様」

藤七が走り寄った。

「藤七さん……このざまです」

国之助は寂しげに笑みを浮かべると、その視線を西尾に戻して、

「松江殿の命を……命を……」

顔を歪めた。握り締めた刃が国之助の掌に食い込んでいるとみえ、血がそこから滴り落ちる。

荒い息をして見据えている西尾を見上げたまま、国之助は胸にある刀を満身の力で引き抜くと、どたりとそこに、俯せに倒れたのである。

国之助は僅かな痙攣《けいれん》を起こした後、それで動きを止めた。

「国之助殿……」

西尾が国之助の死体の傍に蹲って合掌した。

その時であった。

「国之助様……」

女が国之助の名を呼びながら駆けてきた。女は、手甲脚絆《てっこうきゃはん》の旅姿だった。

「松江」

西尾が振り返って叫んだ。

松江はまっすぐ国之助の死体の傍に蹲ると、遺骸に手をついて深く深く頭を下げた。

「松江殿か」

十四郎が呼びかけると、松江は黒々と濡れた瞳を向けて頷き、

「国之助様は、私に先に行かれよとおっしゃって……私、てっきり後から橋を渡って参られるものと思って、千住の橋の向こうで待っておりました。気がついて引き返して参りまして、宿の者に尋ねましたら、こちらの方に参られたと……」

松江は涙を溜めた目で、十四郎を、そして西尾を見詰めて言った。

「松江」

松江を呼ぶ西尾の声は苦しげだった。

「死んでくれるか」

「はい」

松江は、まっすぐ夫を見て頷く。

「俺はお前を信じていた」

「ありがとうございます。あなた、ご存分に……」

松江は、西尾に体を向けて座り、目を閉じた。

十四郎は目を背けた。とても正視できなかった。

だが、その目に、馬で駆けてくる武家を見た。

「西尾殿。待たれよ」

十四郎は叫ぶと同時に、振り返って、西尾が松江めがけて振り下ろそうとした刃を、間一髪で撥ね返していた。

「何をなされる」

西尾が叫んだ時、

「西尾。待て」

馬上の武家が飛び下りた。

「御目付《おめつけ》の酒井《さかい》様」

西尾が驚愕して叫んだ。

「殿からのお言葉だ。真実不義無しと判明した時には、成敗には及ばぬと……」

「殿がなぜ……」

西尾は驚愕して聞き返した。

「分からぬ。分からぬがそういうことだ。伝えたぞ」

酒井と呼ばれた武士は、ちらと松江に視線を投げると頷いてみせ、馬に飛び乗って元来た道を走り去った。

西尾は呆然として見送っていたが、その頬に俄かに生気が蘇るのが見て取れた。

「松江……」

西尾が松江を振り返った時、松江は懐剣を引き抜いていた。

「松江……」

「国之助様お一人を死なせて、わたくし、生きていて良い筈はございません。あなた、小次郎のこと、よろしくお願い致します」

松江は、言い終わるや、懐剣を胸に振り下ろした。

だが、一瞬早く、十四郎の手が松江の腕を摑んでいた。

「お放し下さいませ」

「止めなさい。もう十分ではないか。国之助殿もあなたが死んでは死に切れまい。立ち合いと申して、国之助殿は命を自ら捨てたのですぞ」

松江は、その言葉で泣き崩れた。

六

国之助の葬儀を、茶の湯の仲間たちが集まって、千住の小さな寺で行ってから十数日が過ぎていた。

府内は桜が満開で、例年なら花見に出かけるのだが、お登勢は今年は止した。

松江の癪の介抱をしたばっかりに、命を落とさなくてはならなかった国之助のことを考えると、さぞかし無念だったろうという思いが強く、桜の下で宴を張るのは憚《はばか》られた。

とはいえ、松江の命が助かったのは救いだった。

松江が助かったのは、おそらく、楽翁からの、なんらかの働きかけが菊池藩にあってのことと、お登勢は考えている。

無理を承知で、国之助の命を救ってやりたいと、お登勢は楽翁に文を送った。

後で十四郎に聞いたところ、十四郎も楽翁のもとを訪ねていたという。

だがその時は、楽翁は武士のけじめを十四郎に説き、菊池藩の御法を部外者の者がとやかく言えぬと言ったらしいが、そうはいうものの、御定書百箇条と比べても、菊池藩の不義に対する決まりはあまりにも厳しいと考えてくれたのだと思われる。

実際、不義した者は夫に成敗されるか、父や兄弟たちに成敗されるか、あるいは自害して果てるか、いずれも死を免れるということはない。

だが、不義はしていないものの、例えば艶書だけの話や、夫の留守に男に押し入られて暴行を受けた場合には、夫の裁量に任されて助かる妻たちも多いのが実情だ。

まして町人などは、その経済力に応じて、堪忍料だけでほとんどが済んでいる。為政者としての武士が、厳しく罰せられることは、これは政を行う者の規範として致し方ないのかもしれないが、それでも菊池藩の御法は厳しすぎるとお登勢は思ったものである。

いずれにしても不義をした者を手討ちにできるのは亭主、つまり男の方で、妻は亭主が女をつくっても泣き寝入りである。

激しく夫を責めたりすれば、悋気《りんき》がましい女だと、まるで尋常な精神の持ち主ではないように言われるのが落ちだった。

男は町人でも、公に妾を持っても許されるのだから、女の立場は御法では認められていないといってよい。

慶光寺への駆け込みが年々増えるのも、そういった女の立場が背景にある。

ますます橘屋の仕事は忙しくなりそうだと、日増しに強くなる陽射しを縁側で受け、庭の桜をぼんやりながめていると、

「お登勢様。駆け込みでございます」

藤七が廊下を渡ってきた。

「すぐに参ります」

お登勢が言い、立ち上がると、

「それが、西尾様の妻女松江様でございます」

藤七は顔を曇らせて言ったのである。

「松江様が……」

急いで玄関に向かうと、色の白い、美しい女が玄関に立っていた。

「西尾様の、松江様」

松江は無言で、しかし、しっかりと頷いた。


「しかし、なぜでござる。せっかく死を免れて、西尾家に戻れたものを、なぜ離縁を望むのだ」

十四郎は、うなだれている松江に言った。

「わたくし、西尾の家にいてはいけないのです」

「なぜだ。西尾殿と何かあったのか」

「いえ……至って静かに暮らしておりますが……」

松江は、言い淀んで、

「夫は口には出しませんが、わたくしを避けております」

と言った。

「ふむ……」

十四郎は男として、西尾の心中が理解できた。

松江が国之助との間に不義はなかったと言っても、二人は数日を一緒の部屋で過ごしている。

松江の性格は理解できていても、男と女のこと、あらぬ想像をして松江をつい遠ざけてしまうのも無理からぬことかと思った。

自分ならばどうするだろうと考えても、よその男と一緒に過ごしてきた妻を、すんなり受け入れられるかどうか、いささか心許無い。

「しかし、時が経てば昔のように暮らせるのではないかな」

「夫の態度より、わたくしの心のほうが……わたくしはできれば離縁というよりも、この世を捨ててしまいたいのでございます」

「何……この世を捨てるとは」

「尼僧になりたいのです。髪を落として尼僧に……」

「松江様……」

お登勢が驚いた声を出した。

だが、十四郎は、松江が駆け込んだと知らせを受けたときから、松江に何があったのか、ぼんやりと見えてきたような気がしていた。

「こなた様では、そのようなお世話はしていただけないのでしょうか」

松江は必死の顔で言う。決心は固いようだった。

「慶光寺に駆け込んで修行しているうちに、あなた様のように尼僧になりたいとおっしゃって、結局尼僧になった方があるにはありますが、しかしよほどの決心が必要ですよ。僧になるということはこの世に決別するということです。あなた様は、西尾様でも松江様でもなくなるのです」

「ぜひにもお手配を……」

松江はじっと見詰めてきた。

「何かあったのでございますね、松江様。尼僧になりたいその訳をお話し下さいませ」

「お話ししなければなりませんか」

「あなた様の決心を知るためです。お話しいただけないのなら、お帰り下さいませ。お引き受けはできません」

「……」

「他言は致しませんよ、松江様」

お登勢はじっと松江を見た。

「きっと他言はないと」

「はい。ご安心を……」

「実は、わたくしは、国之助様と一度だけ過ちを犯しました」

あっとお登勢は十四郎を見詰めてきた。

頭のどこかにもしやという思いはあった筈だが、松江の口から聞くとやはり驚きだった。

「過ちを犯したのは、西尾に討たれようと決心をしたその晩のことでございます」

松江は静かに口火を切った。

それは、お登勢からの文で、西尾が藩の職を辞し、女敵討の願いを出したと知らされた晩のことだった。

細い灯火の灯の先に、幽鬼のような顔をして立った国之助が、

「あなたを抱きたい……」

と、絞るような声をあげた時である。

松江は身を固くして起き上がり、いやいやをした。

すると国之助は、しばらくそこに突っ立っていたが、松江の、闇から見据えてくる態度に失望したのか、

「すまない」

悲痛な顔で頭をさげると、屏風の向こうに消えたのである。

ことりとも音のしない薄暗い部屋のしじまで、松江は自身の胸の苦しい鼓動を聞いていたが、どれほど時間が経った後だったか、起き上がって屏風の向こうに踏み入れた。

かすかに国之助の夜具が動いた。

——国之助様……。

松江は、しずかに国之助の夜具に入った。

「松江殿……」

国之助の囁く声が聞こえたと思ったら、松江は強い力で国之助に抱き締められていたのである。

「たった一度の不貞でした。死を覚悟した国之助様に申し訳ないという気持ちがあったのは確かですが、わたくしも心のどこかで、不安な心を抱き締めていただ

きたいという衝動にかられていたことは間違いございません。国之助様とご一緒に逃亡していた時は、いつも夫の姿が瞼《まぶた》にありました。小次郎の愛しさに泣きました。しかし、国之助様が死に、夫の元に帰ってみると、今度は国之助様に申し訳ない気持ちで一杯になるのです。わたくしだけ幸せになることは罪だと思えるのです。このままでは小次郎にも悪い影響があるのではと不安でございます……尼僧になりたいという決心をしたのはそういうことです」

松江はそこで口を噤むと、肩で大きな息をした。

目前に死をみていた男と女の、追い詰められた者たちの不安と恐怖が、十四郎にもお登勢にも想像できた。

「よくお話し下さいました。本来ならば、不義を働いた女の方の申し出などお引き受けは致しません。でも、国之助様はすでに亡くなっておりますし、不義をした背景を考えますと、無理からぬことかと存じます。尽力いたしますので、今日よりこの橘屋にお泊まり下さいませ」

「お登勢様、十四郎様。ご恩は一生……」

松江は手をついた。

十四郎は、松江の儚げな襟足を見て、はっとした。

過日のこと、果たし合いの検死に向かうために藤七の舟を待っていた両国橋の石段下で、まだ美しいままの梅の花弁が黒い川面に浮いていたが、あの時の光景を、美しいまま散り流れていく花弁を思い出していた。

二〇〇四年二月　廣済堂文庫刊

光文社文庫

長編時代小説
春《しゅん》　雷《らい》　隅田川御用帳《すみだがわごようちょう》(七)
著　者　藤《ふじ》原《わら》緋《ひ》沙《さ》子《こ》

2016年11月20日　初版1刷発行

発行者　鈴木広和
印　刷　堀内印刷
製　本　ナショナル製本

発行所　株式会社　光文社
〒112-8011　東京都文京区音羽1-16-6
電話 (03)5395-8149　編集部
8116　書籍販売部
8125　業務部

ISBN978-4-334-77386-1　Printed in Japan

組版　萩原印刷